JN082144

蒼の王と真珠姫

CROSS NOVELS

華藤えれな

NOVEL: Elena Katoh

yoco

ILLUST: yoco

CROSS NOVELS

CONTENTS

CROSS NOVELS

CONTENTS

*the Blue King
and
the Pearl Princess*

蒼の王と真珠姫

華藤えれな

yoco 画

その国は、はるか昔より海の神に花嫁という名の生贄《いけにえ》をささげることで栄えてきた。

千年以上もの間、欠かさず行われてきた儀式だ。

海の神は「蒼《あお》の王《おう》」という名でおそれられ、恐怖の象徴とされてきた。

一方の花嫁は、その清らかなる犠牲への感謝をこめ、気高き「真珠姫《しんじゆひめ》」とも、純潔の「真珠姫」とも呼ばれていた。

今年はちょうど二十代目の「蒼の王」に二十番目の「真珠姫」を婚《めあ》わせる年だった。

これは、この世界で最後に蒼の王と真珠姫と呼ばれた恋人たちの物語である。

1　真珠姫の伝説

ザザ、ザザ、ザザ……と、小さな島の岸壁にぶつかる波の音が響いている。

「……」

リアンは不安な面持ちで窓の外に視線をむけた。

もうどのくらい、ここで待たされているのだろう、この小さな海の孤島に。

大きな満月が空にあがり、黒々とした海面に映りこんでいる。

この小さな島にリアンが到着したのは、ほの明るい夕刻のことだった。

桟橋《さんばし》から城内に案内され、海を見つめて待つこと数時間。もう深夜になっているころだろう。このまま朝までここにいるようなことはないと思うけれど。

――それにしても、こんな静かな海はひさしぶりだ。これほどくっきりと夜空に月が浮かんでいるのなんて、このところずっと見たことがなかった。

今年になってから数カ月間、太陽や月が顔を出した日は数えるほどだった。

いつも空はどんよりと曇り、雨の降らない日はなかった。運河も内海も外海も大荒れに荒れてばかりだった。

――やっぱり伝説は本当なんだ。蒼の王に生贄をささげなければ、海が荒れ、共和国を災禍が襲うとの言い伝えは……。

ここ数カ月は満潮の時刻になるたび、高潮になり、どこの家も一階の天井近くまで水浸しになっていた。

嵐の日が続いたため、国家の財政を支えている商船はことごとく難破した。漁師たちは漁に出ることもできない。長雨のせいで作物も育たない。太陽の光がないために花も咲かない。

いつのまにかおそろしい疫病が蔓延《まんえん》し、食糧不足も続き、他国からの侵略の脅威にも晒《さら》されてしまっていた。

『もうこの世の終わりだ』

迷信深い人々たちの間でそんな言葉がささやかれるようになったかと思うと、ノアの箱舟を造りだす者が現れたり、ハーメルンの笛吹き男もどきが現れたり、異端といわれている鞭打《むちう》ち苦行者が現れたり、街に不穏な空気が流れるようになった。

あきらかに治安は悪化し、喧嘩《けんか》や窃盗《せっとう》が日常的にくりかえされるようになっていた。

そして、それをさらにあおるかのような、悪天候と荒れた海が続き、雷、霧、大雪、雹《ひょう》……重々しい毎日だった。

けれど今夜の空も海も、嘘のように静かだ。

海はおだやかに凪《な》ぎ、明るい月が顔を出している。ひさしぶりに見るせいか、恐ろしいほど美しい月夜だ。見ているだけで涙が出そうになるほど。

「綺麗な……月夜だ」

——だとしたら、蒼の王がぼくを気に入ってくれた……と思っていいのだろうか。それとも、ただの偶然だろうか。

海の神「蒼の王」に共和国がささげる花嫁との婚姻——。

それは、もう一千年以上続いている約束ごとだ。地中海を支配する海の神——蒼の王が無事に子孫を誕生させられるよう、街から一人、六十年周期で、王の伴侶《はんりょ》になれる人間をささげるという契約である。

約束を守れば、蒼の王は海の恵みと安全を約束してくれる。航海の安全と豊かな海の恵みだけでなく、外敵から攻められないよう、巧みに海流をあやつってくれることもあるそうだ。

今夜、海が静かになったのは蒼の王がリアンを伴侶に、つまり「真珠姫」にしてもいいと認めてくれたからだろう。

——蒼の王は……正しくは、神というよりもこの海を支配している魔物……人魚シレネか半魚人トリトーネのような生き物だと聞いている。人間が相手ではないので、伴侶は……男でも女でも……どちらでもいいとか。

実際のところ、蒼の王には誰も会ったことはない。

会えるのは、国を治めている元首《ドージェ》のみ。

どうやって子孫を作るのかも誰もよくわからない。

人間と同じ性行為をして誕生させる説もあれば、真珠姫の身体を燃やして、その灰がとけた海水から赤ん坊が誕生する説、あるいは真珠姫がその名のとおり、海の底で貝になり、そこから赤ん坊が誕生するという説もある。

――でも……いずれにしろ、生贄であることに変わりはない。

やがて「真珠姫」の肉体に宿った子供の命は、生贄の魂とひきかえにこの世に誕生し、蒼の王国は繁栄するといわれている。

リアンは窓にもたれかかり、全身が震えるのを懸命にこらえようとした。

生贄の魂とひきかえに子どもが産まれる。つまりは「真珠姫」になることは、近い将来、命を喪《うしな》うということ。

伝説では、その誕生とともに生贄は命を喪って海の泡になる運命……。

海の泡、肉体も骨も残らない。

――もうすぐ死ぬなんて……そう思うと怖い。国のため、命をささげる覚悟はできたけれど……。

どれほど覚悟したとはいえ、死ぬとわかっていながら未知なる場所に行くことに恐怖をおぼえない者などいないだろう。

これまでの真珠姫たちもこんな恐怖に耐えてきたのだろうか。

国の人々の幸せの陰で、流されてきた涙。どれほどの量だったことか。

今年、真珠姫になるためここに送られた女性が五人いたが、海はずっと荒れたままだった。そして誰もがここにきてすぐに追い返されたらしい。くわしい理由はわからないけれど、その後、蒼の王から要望があった。

今度は男性がいい。最高位の貴族の子弟を――と。

そしてリアンが選ばれ、ここにくるようにと命じられたのだ。

――神さま、どうかぼくに勇気を。

心のなかで強く祈っていると、廊下から若い男性の声が聞こえてきた。

「――真珠姫さま、今から教会にまいります。案内いたします」

ついに？　リアンは全身を震わせた。

「こちらへいらしてください」

「は……はい」

案内人にしたがい、長い廊下を進んでいく。

リアンは壁に手をつき、右足を引きずりながら進んだ。幼いときの怪我《けが》がもとで右足に力が入らないのだ。室内が暗すぎて案内人がどんな人物なのかはよくわからない。ただ廊下の先に二匹の白っぽい猫がいるのが見えた。

――猫だ……。ここにきたときに見かけた仔たちだろうか。

その愛らしい姿に、ほっとしてほんの少しだけ緊張と恐怖がやわらぐ。まるで行き先を誘導しているかのようだ。

「あちらの祭壇の前へ。蒼の王がいらっしゃいます」

中庭のむこうにある教会に案内された。

サンマルコ寺院によく似た、ドーム屋根の純白の教会だ。木製の扉が解放されている。

「あの……」

このままなかの祭壇の前で待っていればいいのか——と質問しようとしたが、いつのまにか、猫も案内人の姿も消えていた。

ここで待っていれば、蒼の王がくるのだろうか。

だけど、人魚か半魚人のような魔性の生き物がここにどうやって？

リアンは小首をかしげながら聖堂に足を踏み入れた。

ふわっと燭台《しょくだい》の火が揺れ、リアンの影が壁に刻まれる。頭からかぶった白いヴェールの影が幽霊のように淡く揺れていた。

がらんとした薄暗い空間には誰もいない。シンと静まりかえり、リアンの息の音さえも反響しそうなほどだ。

「あ……っ」

緊張のあまり、右足のひざに力が入らず、足がもつれてしまった。

リアンはそのまま石造りの床につまずいて前のめりに転んでしまった。自分の声、転んだ音が異様なほど響き、こだまのようにぐわんぐわんと反響する。

怖い……。

その音が渦となって自分を奈落《ならく》に落とすような不安にリアンは全身をこわばらせた。

だめだ。覚悟を決めてきたけれど、やっぱり耐えられそうにない。

昼も床についた手もわななき、嗚咽《おえつ》が漏れそうになったそのとき、ふっと天窓からさしてきた月の光に気づいた。

蒼白い月明かりが薔薇《ばら》の形をしたステンドグラスの絵を床に映しこんでいる。

その蒼い光に導かれるようにリアンが顔をあげると、ちょうど真正面に描かれているフレスコ画が目に入った。

「わあ……」

あまりの美しさに、リアンは息を呑《の》んだ。

蒼い海の底の絵だ。赤い珊瑚《さんご》やピンク色の真珠貝が大輪の花のように描かれ、魚たちが群れている様子が花吹雪のように見える。

その中央で、ほっそりとした綺麗な青年と真珠のネックレスを胸から下げた少年が遊泳している。どうしたのだろう。

その夢の世界のように神秘的な絵に魅了され、見ているだけで鼓動が高鳴る。恐怖も不安も忘れ、リアンは目を大きく見ひらいてその絵を見つめた。

「これ……きっと」

蒼の王と初代の真珠姫を描いたフレスコ画だ。姫とは名ばかりで、初代は少年だったようだから。

足をひきずりながら絵の前まで進むと、胸が詰まり、リアンは泣きそうになった。

——思いだした……この絵と同じような絵本……見たことがある。

子供のときに読んだ「蒼の王と真珠姫」という絵本に、海の王国の絵があった。

それと似ている。そう、こんな感じだった気がする。

母の形見の絵本だ。もうずっと前、遠い遠い昔、記憶の底に眠らせた物語。意味もわからず読んでいたその物語が、子供のころ、リアンは大好きだった。


蒼の王と真珠姫のお伽話《とぎばなし》――。

その国の人々は、この世界の光も幸せも知らず、いつも海を恐れて暮らしていました。

そんな人々を救ったのが、海の神「蒼の王」でした。

蒼の王は、人々が海を愛することを願いました。

心から私を愛してくれたら、海も同じように心から愛する。そうすれば、海は人々にとって、幸せと恵みを与えてくれる、と。

ですが、人々はどうやって海を愛していいかわかりませんでした。自分たちの知らない世界を愛することができないのです。

それなら、どうかあなたの国で、一番清らかな者をこちらの世界によこしてください。私の伴侶にします。

元首は、悩みに悩んだすえ、国で一番、清らかな心を持った少年をささげた。

ずっとひとりぼっちだった蒼の王は、自らの伴侶を「真珠姫」と名付け、心から愛しました。

蒼の王の吐息は海の青となり、真珠姫の涙は海の真珠となる。

そして深い深い海の底に、蒼と呼ばれる王さまと真珠と呼ばれる姫君が海の生き物たちと幸せに暮らす王国ができあがりました。

ふたりの間に生まれた子供が、海がどれほどすばらしく、海がどれほど愛すべきものなのか教えてくれるでしょう。

海の記憶と陸の記憶を宿した子供は、どちらの世界にも幸せと光を与えてくれるでしょう。

真っ白な貝殻のベッドや赤い珊瑚の絨毯《じゅうたん》、月の光を反射して真珠がきらきらきらきらときらめき、ふたりのまわりにたくさんの海の生き物が集まっていました。

そこにはイルカや魚やヒトデやクラゲだけでなく、猫やウサギや犬もいました。


たしかそんな始まりだったと思う。

やがて真珠姫と王さまの間に子供が誕生する。

そして、この子は私の愛の魂です――と告げる真珠姫の絵が最後のページに描かれていた。

その後のことは知らないけれど、他の絵本によると、子供に魂を与えるため、真珠姫は青い海の底で真珠のような純白の泡となると書かれていた。

そしてその泡が集まってできた真珠のなかから新しい命が生まれる。

子供のときは生贄の意味がよくわからなかった。だから種族や性別さえこえて愛しあうふたりの姿が本当に尊く思えた。

――愛しあうふたり、愛の魂……か。

子供が生まれるまでの十カ月間、真珠姫は蒼の王国で王さまから愛され、幸せに過ごしたと絵本に書かれていた。

その姿がうらやましかった。けれど愛を知らない自分がだんだん惨めになり、哀しくなり……リアンはいつのまにか絵本を読まなくなった。

愛しあっている蒼の王と真珠姫がうらやましくて仕方なかったのだ……。

真珠姫が愛ゆえに、自身の魂をかけて誕生させる新しい命。

——その命が……ぼくにはどうしようもないほど素敵に感じられた……。

父から愛されず、母も早くに亡くし、誰からも愛されていない自分にくらべ、みんな、なんて幸せなんだろうと思ったのだ。

十カ月でも……愛に包まれるなんて……。

死ぬのが怖いと思っていたけれど、それとひきかえに十カ月もここで愛されるのなら、誰からも愛されないまま長生きするよりもずっと幸せだ。

どんな相手でも自分を愛してくれる存在があるほど素敵なことはない。

魔性の生き物でも半魚人でもいい。

リアンはふっと自嘲《じちょう》するように笑った。

——たとえ悪魔みたいな見かけでも、ぼくはあの絵本のように大切に愛していこう。

ここに描かれているのはきっと理想の姿だろう。そうであったら夢のようだけど、たとえどんな魔物の姿であっても、心から仕えたら物語のように幸せに過ごせるだろうか。

——いい……どんな相手でも……ぼくには他に行く場所がないんだから。

そう自分に言い聞かせたとき、ふっと暗がりの奥に人の気配を感じた。

「——————っ！」

誰かいる。

息を殺したリアンに、その人影が声をかけてくる。

「リアンか？」

広々とした空間に反響する低い声。魔物だと聞いていたけれど、ちゃんと人間の声に聞こえる。しかも透明感のある低い声だ。心臓が大きく脈打つのをこらえながら、リアンは声を震わせて答えた。

「はい、マルコーニ伯爵家の長男――リアンです」

うつむいたまま、リアンが静かに答えたとき、海風がガタガタと教会の窓をきしませ始めた。

このひとが蒼の王さま？

本当に魔物なんだろうか？　竜のような？　それとも蛇のような？　悪魔のような？

絵本には、人魚の姿が描かれていたけれど。

「……」

気配が近づき、彼の影が頭上にかかる。知らずリアンの身体は震えていた。視界には彼の足元と、すらりとしたそのシルエットが見えた。

「どうした、さっきからじっとうつむいて。顔を見せてくれ」

命令というよりは懇願するようだった。そのあまりに優しげな声音に、すっとリアンの身体から震えが抜けていく。

おずおずとリアンは顔をあげた。

次の瞬間、視界に入った姿にリアンは目をみはった。

窓からの満月の光が照らしだしたのは、謝肉祭用の白マスクで顔全体を覆った長身の男だった。

とても格調高く、美しい仮面だ。

目元に描かれた青と金の蝶《ちょう》の絵、羽根のついた帽子から垂れた大粒の真珠の飾り、襟元にも同様の真珠のネックレス、黒い色の膝丈《ひざたけ》の装束……。

金の刺繍が施された優雅なケープを軽騎兵風に片側だけ肩にかけている。その下には天鵞絨《ビロード》地の腰のあたりがしまった黒い礼服、黒いブーツ。

このひとが本当に蒼の王さま？

どう見ても自分と同じ人間にしか見えない。いや、同じなんておこがましい。仮面をつけていても隠しきれない、この世のものとは思えない美貌の持ち主だというのがわかる。

神というのは、こんなにも美しいのだろうか？

「蒼の王の伴侶――真珠姫に。その覚悟はできているな？」

覚悟……この肉体と魂をささげ、十カ月後に海の泡になることだろう。

「は、はい」

リアンがうなずくと、男は手を伸ばしてきた。

黒い革手袋で覆われた手の優雅な所作に吸い寄せられるように手を添えかけたものの、リアンはハッとして、反射的に手をひっこめた。はっきりとロウソクの火に照らされたからだ。

――しまった……手袋……この島に着いたとき、海水で濡れたからとりかえようとして……そのままにしていた。

衣服だけは父が用意した上質なものを身につけているけれど、ひどい手荒れはそのままだった。あかぎれや擦り傷だらけで、いつもどこかしらがヒリヒリと痛んでいる。

これでは伯爵家の長男と認めてもらえない。最高位の貴族の子弟という条件なのに、どう見てもこれは使用人の手だ。

　これまでもそうだった。

　この手、貧相な身体つき、異国情緒を感じさせる風貌、その上、いつも簡素な服を着ていた……というこどもあり、初対面の相手からは、東方から連れてこられた奴隷か使用人にまちがわれることが多かった。

「どうした、妙な顔をして」

「いえ……」

「さあ、手を出しなさい」

「……」

「大丈夫だ、偽物でないことくらいわかっている」

「え……」

「私にはわかる。きみは本物だ」

　本当にわかっているのか、それともどうでもいいのか。いや、さすがに蒼の王なら、そのくらいのことはわかるのだろう。彼は人間ではないのだから。

「ありがとう……ございます」

　リアンの消えそうな声が聖堂に響く。

　よかった、偽物だと疑われてしまったら、殺されるか、追いかえされるか。追い返された場合、リアンは一生外に出ることができない修道院に行くことになっている。

　修道院に行くならそれはそれでかまわないのだけど、その場で殺されることもあると父から言われている。

「リアン、私の名前はシグという。蒼の王と呼ぶ人間もいるが」

「シグさま……ですか」

「そうだ。名前で呼んでくれ」

蒼の王――シグの言葉にリアンはうなずいた。

意外にも親しみやすい名前だ。子供のころ、大切にしていたイルカの人形と同じ名前のせいかうれしくなってくる。

「不安はないか？」

シグは手袋をとり、リアンの額に手を伸ばしてきた。一瞬、彼の手が触れた場所がほんのりあたたかくなる気がした。

「蒼の王は海の魔物。人ではない。魔性の生き物との婚姻……恐れない者はこれまでひとりもいなかった。それなのにきみから私自身への恐怖は感じない。心細さ、不安は感じられるが」

恐怖はある。ないわけではないけれど。

「あなたは……ぼくの感情がわかるのですか？」

シグは手袋をつけ直し、うなずいた。

「直接、この手で触れると、相手の心を読むことができる。といっても考えていることがわかるのではなく、感情が伝わってくるだけだ。恐れているのか喜んでいるのか哀しんでいるのか……そんな、ささいな程度のものだが」

やはりこのひとは人間ではないのだと改めて思う。そんなことができる人間はいない。

「私が怖くないのか？」

「怖いといえば怖いです……でも……」

大きな恐怖は感じていない。というのも、さっきから感じる声音からは優しさ以外感じられないからだ。こんなふうに気遣ってくれる相手はこれまでいなかった。それだけで充分だった。それどころかとても静かで優しい空気に幸福感を抱いている。

「あなたこそ……本当にぼくでいいんですか」

リアンの言葉に、蒼の王が「え……」と不思議そうに小首をかしげる。

「あなたにとっての大切な伴侶、真珠姫がぼくでがっかりされていないか」

「どうしてそんなことを」

「……それは……」

リアンはうつむいた。

いろんな説があるが、その絵本によると、蒼の王は真珠姫を心から愛していた、だから二人の間に愛の結晶が芽生え、真珠姫の魂は幸せな気持ちで海の泡になった。

その魂が何百万という泡になって真珠となり、子供の誕生とともにその真珠は海の一部となって溶ける。真珠姫の幸せな気持ちこそが海の平和を保つ……と書かれていた。

あなたはぼくを愛せますか？

子供とひきかえにこの命が消えるまでの短いひとときに、心からぼくを愛してくれますか？

ぼくは愛に満たされ、この海を包みこめるほどの幸せな泡になれますか？

そんなことを尋ねたかった。

しかしリアンには、自分が愛され、幸せになれる未来など想像もつかず、具体的な言葉を口にすることができなかった。

代わりに淡々とした口調で自分の義務をまっとうする旨だけを伝えた。

「もちろん初めての場所への不安はありますが、覚悟を決めてここにくる船に乗りました。蒼の王の伴侶になると決めてここにきたのですから」

リアンはきっぱりと言った。

「それを……神の前で誓えるか?」

「はい」

リアンがうなずくと、シグはかぶっていた帽子をとった。そしてそこに飾られていた真珠のネックレスをとり、三重にしてリアンの首にかけた。

ふわっと甘みのある香りがする、胸よりも少し下くらいにかかる長さのネックレスだった。

「毎食後、それを一粒ずつ、欠かさず飲みなさい。次の満月までの間」

「この真珠を?」

「そうだ」

驚いた。真珠を食べることができるなんて。

リアンはネックレスの先を手にした。純白にエメラルドグリーンの艶めきが揺れている。月の光をあびて、星屑のようにきらめく。とてつもなく美しい花珠真珠だ。

「それを飲み終えたとき、もう一度、きみに問うことにしよう。私の伴侶……真珠姫になる覚悟はあるのか……と」

「あの……もう一度って……どうして」

ここで誓うのではないのか？　これが結婚式ではないのか？

「今日会ったばかりで、我々はまだ互いのことをなにも知らない。だからきちんと婚約期間をもうけたいのだ」

それは……ぼくを愛せそうにないからですか？　他にもっといい相手との婚姻を望むべきなのか、迷っているからですか？

そう訊《き》きたかったけれど、「その通りだ、迷っている」と言われたらどうしようと考えただけで胸が痛くなってきた。

——ここでも……愛されなかったら。ここでも必要とされなかったら……。

そんな不安がこみあげ、胸に濃灰色の闇が広がりそうになる。それを懸命に払ってリアンは蒼の王に笑みを見せた。

「あなたさまに従います。どうぞよろしくお願いします」

すると、かすかに蒼の王が眉をひそめた。不思議なものでも見るような眼差しに、なにか気を悪くしただろうかと案じたが、気のせいだったようで、彼はすぐに淡い笑みを浮かべた。

「ありがとう。では、婚約のしるしにこれを」

シグはリアンの左手をとった。そして手の甲にそっと唇をよせていった。

だめだ、この手……。あかぎれとすり傷だらけの手に恥ずかしさを感じ、リアンはとっさにひっこめようとしたが、蒼の王はそれを厭《いと》うどころか、むしろ愛しげにそこに唇を這わせた。

「……っ」

やわらかな息遣いが皮膚に触れ、彼の唇がそこを伝うと、すーっとその手の傷から痛みが消えていく。胸が詰まって涙が出そうになった。

「この指輪をきみに」

蒼の王はリアンの薬指にひときわ美しい純白の真珠の指輪をはめた。

その瞬間、そこから優しいぬくもりが広がっていく。

婚約……蒼の王さまと。そして一カ月後に彼の伴侶になる。

六十年に一度の約束――蒼の王が子孫を得るための、生贄として。

†

「――リアン、海の孤城にいってくれないか。そこで蒼の王に仕えて欲しい。彼の伴侶……真珠姫として、国を守るために」

突然、父からそう言われたのは、リアンが蒼の王の島へむかう半月前のことだった。

その日、海の都ヴェネツィア共和国の中心に大邸宅をかまえているマルコーニ伯爵家では夜会の準備にあわただしかった。

今年になってから長雨と嵐が続き、異常気象や疫病のため、共和国全体に重苦しい空気が漂っていたが、その日は外国の要人をもてなす大切な夜会があるので、ひさしぶりに伯爵家はクリスマスのようなにぎわいが戻っていた。

だが、それは使用人部屋で暮らすリアンには無縁の華やかさだった。

「リアン、何だ、この地味な服は！」

苛立《いらだ》った声をあげ、リアンの部屋にやってきたのは異母弟のダンテだ。

「ご、ごめんなさい」

「赤い服は？　金ボタンのがあっただろう」

「え、ええ」

昨夜は濃紺色の上着を用意しろと言っていたのだが、今朝になって気が変わったようだ。

「早く用意しろ！」

「はい、すぐに」

あわてて隣室に行こうとしたが、急ぎすぎたため、足がもつれてリアンはとっさに壁に手をついた。

そんなリアンの頭に、ダンテが濃紺色の上着を投げつける。いきなり視界が暗くなり、リアンは目の前の椅子《いす》にぶつかってしまった。音を立てて、木製の椅子が床に転がる。

「使えないやつだな、いつまで経《た》っても」

頭上で聞こえるダンテの笑い声に、身体が凍りついたようになる。リアンはうつむいたまま、上着を腕にかけると、倒れた椅子をもとにもどした。

いつもこうだ。

ダンテから罵倒《ばとう》されると、全身が萎縮《いしゅく》したようになる。子供のときから罵《のの》られ続けたせいか、それでなくてもうまく動かない右足によけいに力が入らなくなってしまう。

「果てしなくて使えないやつだな、おまえってやつは」

「……っ……ごめんなさい」

「謝るのも遅いな」

「本当にごめんなさい。今、用意しますので」

臆してちぢこまったまま、リアンはそれでも精一杯の早足で隣室にむかおうとした。赤い服もちゃんと用意しておいたのだ。異母弟は気まぐれだ。こんなふうに気が変わるのはよくあることなので、すぐに対応できるように。

「急いでくれ。もう来客が集まり始めているんだ」

「は、はい」

「ほらっ、急げって言ってるだろ」

焦ってしまうとうまく踏ん張れず、前のめりで倒れそうになる。

「あ……っ」

よろめいたリアンの背をダンテがドンっと蹴飛《けと》ばしてくる。

「く……っ」

そのまま顔から床に倒れこんでしまう。するとダンテはあきれたように笑った。小柄なリアンの頭上をダンテの影がのしかかるようにおおう。

「本当にのろのろとして恥ずかしいやつ。さあ、早く出せよ、赤い服を」

「は、はい、すみません」

懸命に手をついて立ちあがろうとしたが、うまく立ちあがれない。足をくじいたらしい。

「なんだ、床を這《は》うことしかできないのか。まあ、おまえにはぴったりだけど」

もう一度、リアンの背をドンっと蹴ると、ダンテは奥の部屋の扉を開けた。

ガチャガチャとなにか倒すような音が聞こえてくる。おそらく机や椅子を倒して楽しんでいるのだろう。いつものことだ。

「いいじゃないか、この服」

リアンの部屋から出てくると、ダンテは上品な赤色の上着をブラウスの上からはおった。良かった、とりあえず用意しておいたもののなかに気に入った服があったらしい。

リアンはほっと息をついた。全部気に入らなかったときは、なにをされるかわからなかったからだ。

彼の機嫌がよいのを見て、安堵《あんど》しながら、もう一度リアンが立ちあがると、ちょうど廊下から継母の声が聞こえてきた。

「ダンテ、遅いじゃない、なにをしているの。まだ着替え終わってないの？」

誘いにきたのは継母のアニータだ。扉を開け、あきれたようにアニータが肩で息をつく。

「なに、まだボタンも留めていないの？　そこのあなたたち、ダンテの着替えを手伝ってやってちょうだい」

廊下にいた女中たちにアニータが声をかけると、彼女たちはさっと室内に入り、ダンテの着替えを手伝い始めた。

「だめじゃない、大事な日なのに今ごろ着替えているなんて」

「リアンがもたもたしていたせいだよ」

「本当に役に立たない子ね」

アニータは冷ややかな眼差しでリアンをいちべつしたあと、息子の前までくると、惚れ惚れとした様子で言った。

「それ、すごくいい色じゃない、焔《ほのお》のような赤ね。ダンテ、あなたのような華やかな美貌の持ち主には、そのくらい派手な衣服でちょうどいいわ。今日の主役はダンテね」

「マルゲリータに悪いね」

「仕方ないわ、双子なのに……あの子ときたら残念なくらい地味で」

ダンテにはマルゲリータという双子の妹もいるが、彼女はダンテとも母親のアニータともまったく似ていない。髪の色や目の色が違ってもう少し地味な印象だ。

「そうだ、リアン、今日は地下室から出てきてはならないわよ。地下室の掃除をしなさい。舞踏会の準備で出てしまったガラクタを整理しておいて」

アニータは地下室を指差し、冷たく命令した。

「はい」

「足が悪いからって、手を抜いたら食事はなしよ」

食事を抜かれるのは困る。いつもミルクと固いパンを一切れだけだけど、それすらもなくなると、翌日、掃除をするだけの体力がなくなってしまう。

「それからお客さまには、万が一にでも姿を見られないように。昨年末の舞踏会のときのように、客に話しかけられるようなことがあったら罰を与えるからね」

「は、はい、ごめんなさい」

リアンは泣きそうになりながら身を縮めた。

あれは年越しの舞踏会のときのことだ。

厨房の掃除をしていたとき、来客から喉《のど》の渇きを訴えられ、水を用意した。

その彼がリアンを長男ではなく使用人だと勘違いし、気に入ったので自分のところにひきとって恋人にしていいかと言ってきたのだ。

「あのときの客人もそうだけど、エキゾチックな顔立ちのせいか、おまえを恋人にしたいという王侯貴族がけっこういて困ったものよ。やっぱり母親が母親だからかしらね。足の悪いおまえを雇ってくれるところなんて、ここ以外には男娼館しかないわよ。そこで働きたい？」

リアンは「いえ」ととっさに首を左右に振る。

「なら、誰にも姿を見られないよう気をつけながら、地下室に籠《こ》もって掃除をしていなさい。いつもよろよろと歩いて、同情を引こうとしているようで本当にいやだわ」

「同情だなんて……」

足が悪いのは幼いときの海難事故が原因だ。昔は杖《つえ》が必要だったが、ようやく最近になって杖がなくても大丈夫なようになった。それでも右足を引きずって歩くことしかできない。もちろん走ることもできない。ダンスも乗馬もできない。

「さあ、さっさと地下室へ」

「は、はい」

アニータに命じられ、リアンは地下室の掃除に向かった。

地下には、使用人たちが出入りする裏口があり、小さな運河に面している。

大きな運河に面した表の玄関口にある船着き場には、いつも大きなゴンドラや華やかな装飾がほどこされた御座船《ござぶね》が繋《つな》がれ、この家の住人や貴族の来客の出入り口となっている。

一方、使用人たちが出入りする裏口は幅数メートルのほど小運河で、そこにある一メートルほどの舗道か、小運河につながれた小船で出入りすることになっていた。

「……大変だ、今のうちにちゃんと掃除しないと」

地下に行くと、壊れて使わなくなった家具や必要ない衣類で雑然としていた。久々に舞踏会をひらくことになり、家中の必要ないものをここに運びこんだのだろう。

今年になってからずっと天気が悪い。

雨の日が続き、高潮になると、ここにも容赦なく海水が入りこんでくるせいか、あちこちカビだらけになり、それをとるのだけでもけっこうな労力がいる。

リアンは布で髪を覆い、エプロンをつけて地下室の掃除を始めた。

もうすぐリアンは十八になる。ダンテは十七歳。そろそろ正式な発表があるだろう。伯爵家の後継者をどちらにするか――という。

――もう答えはわかっている。ぼくでないということは。

おそらく今夜の舞踏会はダンテの結婚相手をさがすためのものだろう。

ダンテの母のアニータは、ヴェネツィアの有力貴族の娘だ。

かたや長男とはいえ、リアンはオスマン帝国出身のトルコ系の女性を母にもつ。しかも幼いときの海難事故が原因で、今も足を引きずっている。

父がどちらを後継者にするかは明白だった。

——ダンテがこの家を継いだら……。

自分は必要ない存在として殺されてしまうのか。それとも修道院へ。あるいは今のように使用人の仕事をしながらずっとここにいることになるのか。

いずれにしろ、今よりもよくなることはないだろう。

そんなことを考えながら地下室の掃除をしていると、階段のほうから足音が聞こえた。

「リアン、やっぱりここにいたのか」

さわやかな声が暗い地下室に響く。

オルフェオ・ディ・コロンナ。幼なじみのひとりである。

ヴェネツィア共和国の元首をつとめているコロンナ公爵家の三男で、二十歳をすぎたばかりの凛々《りり》しい青年だ。

舞踏会に出席する予定なのか、深緑色の上品な羽根つきの帽子に、同系色の優雅な装束を身につけていた。

肩まで伸びた少し癖のある金褐色の髪と、飴色《あめいろ》の眸《ひとみ》。欧州の宮廷をまわって社会勉強をしていたが、フランスに革命が起きたため、不穏な空気を感じるようになって帰国していた。

フランスの宮廷にも長くいたので、彼の髪型といい、服装といい、ベルサイユの貴族のようだと周囲がささやいている。

しかしフランスどころか、この国の舞踏会ですら顔を出したことのないリアンには、それがどのような流行なのかもわからない。

「あ、そうだ、これ、きみに。我が家にきているフランスの菓子職人が作ってくれたんだ。イタリア語では、ビアンコ・マンジャーレ。フランス語では、ブランマンジェというらしい」

小さな箱に入ったお菓子。昔、食べたことがある。アーモンドミルクと蜜でできたぷるぷるの食感のお菓子だ。

「ありがとう」

「リアン、もうお菓子は作らないの？」

オルフェオの言葉にリアンは苦い笑みを浮かべた。

「……炊事場、使えないから」

母がオスマントルコから連れてきた侍女でリアンの乳母だった女性がアナトリア地方のお菓子作りを教えてくれた。時々、作って、幼なじみのオルフェオにあげたこともあったのだが、侍女が流行《はや》り病《やまい》で亡くなって以来、リアンが台所を使うことは禁じられた。

父は貴族の長男が台所にいくのは変だと言っていたが、アニータはリアンがみんなの食事に毒物を混ぜるのではないかと疑っていたのだ。

「おいしい、ありがとう」

小さなスプーンですくって食べると、口の中にふわっとアーモンドの香りとミルクの甘さが広がり、ぷるぷるの食感に口内が心地よい優しさに包まれる。

「そう、よかった」

オルフェオの優しさにはいつも救われる思いだ。

（父上は、異母妹のマルゲリータと彼を結婚させたいと望んでいるようだけど……）

そのことを思うと少し淋しい気持ちになる。

この世界で唯一の友人、たったひとり、リアンに笑顔を向けてくれる人物だからだ。彼がマルゲリータと結婚してしまうと、これまでのように友達として話をするのもままならなくなるかもしれない。母親のアニータがリアンを嫌っているのだから。

――前にオルフェオは、誰とも婚約しないと言っているけど。

オルフェオはリアンが十歳になるかならないかのころ、海で溺れたときに助けてくれた。そのとき、彼がつきっきりで看病してくれ、リアンは一命をとりとめたことがあった。

後にも先にも、そんなに誰かに一生懸命に世話をされたことはなかった。そのときの喜びがそのまま彼への友情へとつながっている。

しかしリアンと違って彼は友情以上の好意を持っていてくれるらしく、留学からもどってきて以来、自分の恋人にならないかとひんぱんに誘ってくるようになった。

この国では、教会よりも商人や貴族の力が強いのもあり、他の国ほど男色趣味も禁忌の色が濃くはない。だからといっておおっぴらに公表できるわけではないが、同性しか愛せないことをオルフェオは密かにリアンに教えてくれた。

そしてリアンが大好きだ、だから欲しい、秘密の恋人になってくれ、と。

自分を欲しいと思ってくれる気持ち。大好きだなんて光栄だ。それだけで胸があたたかくなるが、恋という感情とは違う気もする。それもあり、返事をためらっていた。

彼のことは好きだ。冬の海に落ち、荒波に呑みこまれそうになったリアンを助けてくれた。あのときの力強さ、優しさに救われた。胸が熱くなった。

恋ではないけれど、その気持ちにこたえていこうか。愛してくれると信じて。なによりこのひとを手放すと本当にひとりぼっちになってしまいそうで怖い。

――ひとりが怖いから……気持ちにこたえるのはよくないだろうか。それとも愛の始まりというのはそんな感じなのだろうか。

どうしようか思案していたリアンだったが、この日、オルフェオは予想外の言葉を口にしてきた。

「リアン……今のお菓子はきみへの謝罪の気持ちだ。実はね……言いにくいんだけど、きみに謝りたいことがあるんだ」

帽子を目深にかぶり、オルフェオは気まずそうに視線をずらして話しかけてきた。さっきまでのやわらかい空気とはうって変わった様子に不安が胸を覆う。

謝りたいことは？　リアンは首をかしげた。

「この前、恋人になってと言ったけど、あれは……なかったことにしてほしいんだ」

リアンは呆然とした。がっかりしたというよりは、ずっと悩んでいたことをいきなり取り消してほしいと言われたことに驚いたからだった。

「ごめん、本当にごめん。きみを傷つけたくなくて……気持ちにこたえたくて、あんなことを言ったけど、やっぱり恋人になるのは無理だ」

では、オルフェオはリアンが彼を好きだと勘違いして、恋人に……と言ったのだろうか。それなら大丈夫なのに。友達のままでいてくれるだけで。

「あの……」

傷ついていないから安心して……と言おうとしたリアンから、さっと視線をずらすと、オルフェはさらに帽子を深くかぶった。

「本当にごめん。どうか泣いたり怒ったりしないでほしい。きみがどれほど孤独か知っているし、何とかしてあげたいとあんなことを言ったけど」

友情ではなく、もしかして彼のこれまでの言動は同情だったのか？

「悪かったね、期待をもたせて。きみを救いたいと思ったけど……それって、逆にきみによけいな期待をさせ、裏切ることになるんだと気付いた。ぼくの心の弱さのせいだ」

大丈夫、期待なんてこと、これまで一度もしたことがない。救いたいと思ってくれた気持ちはありがたいのだが。

「だからさ、今後、こんなふうに親しく話をするのはやめないか」

オルフェオの言葉にリアンは困惑をおぼえた。

「え……じゃあ……もう……友達じゃなくなるの？」

思わず問いかけたリアンに、オルフェオはこれまで見たことがないほど冷たい眼差しをむけてきた。ダンテやアニータを思わせるその眸に無意識のうちに恐怖を感じ、リアンは萎縮したように言葉が出てこなくなってしまった。

「リアン……友情というのは対等な者同士の間で成立するものなんだよ」

「……っ」

つまり友達ではない……と彼は言いたいのか。

深い絶望の谷に突き落とされた気分になった。

物心ついたときから、継母のアニータと双子の異母弟妹に使用人あつかいされ、父からは婚姻に役に立つ存在くらいにしか思われず、誰からも愛情をかけられていなかった。

海難事故で意識を失い、波に呑まれそうになったとき、自分も死ぬかもしれないのにオルフェオが海に飛びこんで海から救いだしてくれたらしいのだ。

そして高熱の最中に、口移しで薬を飲ませてくれ、手をにぎりしめ、「大丈夫」「しっかりしろ」「死ぬな」「ずっと一緒にいよう、ひとりぼっちにはさせない、いつか家族になってくれ」と何度も耳元でささやき、この身体を強く抱きしめてくれた。

嵐のなか、彼の腕や胸に壊れた船の破片が刺さり、怪我をしていたのを覚えている。それでも助けてくれたのだ。

血まみれになりながら、命の危険もかまわずに。そのとき、リアン自身も落雷で折れたオールの破片で右足に大怪我をし、生死のきわをさまよった。

どのくらい寝こんでいたのかわからないけれど、熱が下がり、目覚めたとき、目の前にいた彼の顔を見て、どうしようもないほどの涙があふれてでた。

死ぬなと言ってくれた。将来、ずっと一緒にいよう、ひとりぼっちにはさせない、家族になろう、と。

高熱もあって記憶は曖昧《あいまい》だけど、その言葉だけが今日までリアンを支えてきた。

大事な、たったひとりの友達――そう思っていたのは自分だけだったのか。

彼はかわいそうな幼なじみとして、ただ同情していただけ。

「ごめんなさい、勝手に……あなたを慕ったりして」

リアンは静かにそう言った。

「いいよ、きみの淋しい状況はわかるから。でもきみはただ救いが欲しいだけなんだ」

「オルフェオ……」

「救いなんて誰も与えられない。ぼくに期待されても何もできないし、きみが自分の力でなにかしようと前に進むしかないんだよ。同じ立場になったら、いろんな話をしよう。世界のこと、政治のこと、今のこの状況のこと、外国語のこと、それから哲学なんかも。ぼくはそういう友達がほしいんだ」

「……っ」

「じゃあ、行くよ」

去っていくオルフェオの背を見送る。

ヴェネツィア一の名門の公爵家の三男。将来は判事の仕事を希望している。

──哲学……か。

政治も哲学も世界のこともなにもよくわかっていない。勉強をしたことがないのだから。字は読めるし、本を読むのも大好きだけど、使用人に必要ないからと、母の形見の絵本ですらアニータにとりあげられた。トルコの言葉もあいさつしか知らない。

「……っ」

ごめん、ごめんなさい、友達だなんて厚かましかったね、でもありがとう、今日まで優しくしてくれてうれしかった──。

せめてそう伝えたくて、リアンは足を前にふみだした。

「……っ」

しかし足に力が入らず、リアンはその場で転んでしまった。

見あげると、階段をのぼっていく後ろ姿はもう見えない。

――オルフェオ……。

一方的に友達だと思っていたのかもしれないけど、同情させていただけかもしれないけど、でも感謝しているから。

そう言いたかった。けれどやめておこうと思った。伝えたところでどうなるのだろう。さっきのオルフェオの言葉が頭のなかで響く。

『同じ立場になったら、いろんな話をしよう。世界のこと、政治のこと、今のこの状況のこと、外国語のこと、それから哲学なんかも。ぼくはそういう友達がほしいんだ』

そういう友達になれなかった。これからもなるのは無理だろう。

――ごめんなさい、ぼくに同情なんかさせて。これまでがっかりしながらも優しい言葉をかけてきてくれていたんだね。

哀しさと絶望のせいか、立ちあがろうとしても、床についた手が震えて力が入らない。かびくさくて光もろくにささない地下室。外壁をうつ波の音がいつもよりずっと大きく聞こえる。暗闇においていかれた気持ちになっていた。

彼と対等になれる未来などない。ここが自分の居場所。ここしかない。ここで暮らすことしか許されていない。

――あきらめろ、リアン。ぼくは……ここで生きていくしかないんだから。

誰かに愛されたい。必要とされたい。声をかけられたい。でもどうやればいいのか。自分で前に進むということはどういうことなのか。

突然、あんなことを言われて泣きだしたい気分なのに、どうしたのか水分が全部蒸発したように眸はかわいたままだった。恐ろしいほど心が渇いている。こんなときはむしろ忙しいほうがいい。

心は沈んでいてもやるべきことはやらなければ。リアンは息をするのも忘れたように、ひたすら家具の移動や掃除に励んだ。召し使いがきて、自分を呼んでいることも気づかないほど集中していたようだ。

「……リアンさん、リアンさん……リアンさん、リアンさん、知っていて無視しているんですか、リアンさんっ！」

「——っ」

最後の大声にハッと驚いて顔をあげると、女中頭が忌々しそうな顔で階段の下に立っていた。

正しくは最後の二段を降りきってはいなかったが。汚い場所を踏みたくないといわんばかりにスカートの裾を思いきりたくしあげている。気持ちはわかる。一番下まできたら完全に裾が汚れてしまうだろう。

「ごめんなさい、気づかなくて……無視していたわけでは」

「もう何回も呼ばせないでください」

「ごめんなさい」

「伯爵がさがしていらっしゃいましたよ」

「え……父が？」

箒《ほうき》とモップを抱いたまま、リアンは首をかしげた。

「大至急にと。今すぐに、大事な話があるので書斎に」

「はい」

大至急――では着替えている余裕はない。どんな大事な話があるのか。父がリアンを呼びだしたことは一度もない。ここ最近、教会の行事ですらまともに会っていない。

リアンは掃除用具をその場に置き、手だけ洗うと、使用人用の外の階段を使って二階のフロアの一番奥にある父の書斎へとむかった。

「父上、お呼びでしょうか」

緊張しながらなかに入ると、長椅子に向かいあうように、父とアニータ、それからダンテとオルフェオ、マルゲリータが座っていた。

木製の書棚に三方を囲まれた書斎には、東洋のシナからとりよせた珍しい陶器の置物やオスマン帝国から届けられたような、トルコ風の調度品、それにギリシャ彫刻やエジプトの壁画なども飾られ、天井にはこの海の都の歴史が描かれたフレスコ画が描かれている。

――オルフェオもいる……。

舞踏会用の衣服を身につけた五人。そこに、清掃中のどろどろに汚れたままの格好をしている自分との格差が激しすぎる。

ひさしぶりに会う父親の前でこの格好というのはいたたまれない気分だ。

「あら、なんて格好しているの」

アニータがダンテと微苦笑しながら目配せをしている。オルフェオはリアンに視線をむけたくなさそうでじっと違う方向を見ている。

ひどい格好だと叱られるかと思ったが、リアンにこれまで一度も興味を示したことがないのもあり、父は気にもしていない様子で何の感情もない声で話しかけてきた。

「リアン、話というのは、今日、我が家の縁談を三つまとめたことの報告だ」

三つ？

ということは、自分とダンテとマルゲリータの相手が決まったのだ。

――ぼくにも縁談が？

修道院に行くか、ここで生涯、使用人として生きるしかないと思っていたけれど。

でも、いい話でないのはわかる。オルフェオの表情はわからないが、アニータとダンテは楽しそうにほほえんでいる。

――そうか、それでさっきオルフェオは……。

だから「友達ではない」と言ってリアンとの関わりがないようにしたのだ。

「まずは、この伯爵家の家督だが……ダンテに継いでもらうことにした」

当然、そうなるだろうと思っていたので驚きもしなかった。

「その相手として、ナポリの姫君を選んだ。オルフェオの母方の従妹にあたる」

なるほど。それは手堅い相手だ。同じ海洋国家同士、ナポリとは敵対することも多かったが、最近は友好を大切にしている。

「それからオルフェオは、大学卒業後に我が家の婿として迎えることが決まった。マルゲリータの相手として彼ほどふさわしい人間はいない。ダンテを支え、守ってくれるだろう。元首と伯爵家が縁戚《えんせき》になり、ますます国家が繁栄するはずだ」

マルゲリータがほおを綻《ほころ》ばせている。オルフェオは彼女の手を取り、「光栄です」とその手の甲にキスをする。

お似合いの若いふたり。やはりそうなのかと思いながらもその姿に思った以上にショックを受けてはいなかった。むしろ心のどこかでホッとしていた。マルゲリータの夫となるのなら、彼と自分が友達のままでいるのは無理だから。

「で、リアンだが……おまえにひとつ、質問がある」

「は、はい」

「おまえ、これまで男とも女とも……ベッドをともにしたことはないな？」

突然の父からの質問にわけがわからずリアンは返事ができなかった。なにを訊かれているのかよく理解できなかったからだ。

呆然としているリアンを横目に、ダンテがくすっと笑う。

「大丈夫ですよ、父上、彼を相手にするような人間はひとりもいませんから」

「そうか。なら、やはり元首のおっしゃるとおりリアンしかいないな」

「あの……ぼくしかって……」

「リアン……海の孤城に行ってくれ」

海の孤城――――？

「元首どのからのご指名だ。そこで蒼の王に仕えるのだ。彼の伴侶――真珠姫として、彼の子孫を残しこの国を守るために」

「え……」

なにを言われているかわからず、リアンは小首をかしげた。

真珠姫として蒼の王に――――？

「すごい……元首どのから直々にお申し出があったなんて」

ダンテが驚いたような声をあげる。

「まあ、すごい話じゃない。真珠姫だなんて、最高に名誉あることよ」

アニータが扇をあおぎながら、優雅に微笑する。

海の孤城というのは、ヴェネツィア本島から船で一時間ほど行った場所にある小さな城塞島《じょうさい》のことだ。ちょうど外海との境界線上にある。

そこには「蒼の王」と呼ばれている海の神……正しくは海の支配者がいる。

蒼の王に真珠姫をささげる――それは千年以上続く、この国の風習で、いろんな伝説や童話として語られているが、実際、誰がどのようにして真珠姫としてささげられてきたか、詳細は国家元首しか知らないらしい。

蒼の王が何者なのかも、代々の元首以外に知る者はいない。恐ろしい魔物とも不気味な野獣ともささやかれているが。

はるか昔より、海と共存してきたこの共和国は、元首が結婚することでこの地を守ってきた。

元首になる者は、指輪を海に落として婚姻の儀式の代わりとしてきたが、それは表面的なだけで、蒼の王と本当に結婚するのは元首が決めた花嫁だ。

相手は人間ではないので、女でなくてもいいという。総称として、いにしえより「真珠姫」と呼ばれている。

六十年に一度の決まりとなっていて、今年がちょうどその年に当たる。

「あの……でも真珠姫は、今年の初めに……」

「ああ、本来は新年早々に、イースターの前にささげることになっていて、今年もこれまでに何人かの女性がささげられたんだが」

父がけわしい顔で口ごもると、オルフェオが横から口をはさんだ。

「ここだけの話だが、父……つまり元首の話だと、全員、送りかえされてきたんだ。真珠姫が帰ってくる……そんなこと、この国始まって以来のことなので、元首も十人委員会も戸惑っている」

するとアニータが深く息をついた。

「そうらしいわね」

送りかえされた花嫁たちは、全員、蒼の王に穢《けが》された不浄の者、魔物と契った者として、本島にもどってきたあとは、生涯、出られない修道院に入れられてしまったらしいと付け加え、ちらりとリアンを見た。

「蒼の王と契るなんて……私には想像もつかないわ」

小声でひとりごとのようにつぶやくアニータの声に、リアンは絶望的な気持ちになった。

——魔物と契る……。ぼくがその役目を……。

六十年前もその前もさらにその前も、その前の前も、これまで花嫁として送られた者は、誰ももどってきていない。

そこに行くのは死を意味する。永遠に島で過ごすか、あるいは修道院で過ごすか。だから花嫁の家では、結婚式の翌日、葬儀が行われるようになったとか。

「すごい話じゃないか。蒼の王の伴侶だなんて、選ばれたくてもそう簡単には選ばれない。この国を守る名誉ある存在だからね」

ダンテの喜びに満ちた声が部屋に反響する。皮肉にしか聞こえない言葉だが、リアンには耳を素通りしていくだけだった。


翌日、リアンは元首宮殿に行き、サンマルコ広場に面した執務室で、元首から詳細を聞くことになった。

国家の政治を任されている十人委員会のひとりである父は、元首に逆らうことはできない立場だ。

北にはハプスブルク家が支配するオーストリア、西北に革命がおきたばかりのフランス、東はオスマン帝国。巨大な大国に囲まれ、小国に分かれていたイタリアはその脅威にさらされている。

ヴェネツィア共和国もそのひとつだ。

スペインが新大陸を発見して以来、東方貿易、地中海の交易権によって巨大な財産を得ていたヴェネツィアは少しずつこれまでの勢いをなくして衰退しつつあった。

長い間、他国の支配をうけることなく美しい海に守られながら海運国家として繁栄していたが、今はただ海に浸食され、滅亡していくかのような雰囲気がただよっている。

さらにこの異常気象のせいで、国家の衰退が加速しているようだ。

「リアン、よくきてくれたね。すまないね、本当にありがとう」

「いえ……」

ありがとうもすまないも、めったに聞かない言葉なのでびっくりしてなぜか足が震える。

「今からきみの役目を説明しよう」

オルフェオの父親ということもあり、さすがに彼によく似ていた。

「きみも知ってのとおり、我が国は、海の神——蒼の王に、六十年に一度、必ず真珠姫という名の伴侶を送らなければならない。それがこのアドリア海の女王と呼ばれる、ヴェネツィア共和国を唯一存続させる道だった」

一千年以上前、この国家が創設されたときから「海の孤城」にいる蒼の王に生贄をささげることになっていた。大きな嵐がこの国を襲わないように。海の神の怒りに襲われないように。災いをそこで食い止めるようにと。

「あの……本当に……そこに蒼の王が住んでいるのですか」

「そうだ」

「蒼の王だけがいるんですか？」

「いいや、彼の側近がいる。他にもすぐ近くの島から通いの使用人は出入りしている。子供が誕生するまでの間、真珠姫のための食事の支度、掃除、必要なものをそろえてくれる。ただし、彼らは蒼の王にも、彼と婚姻した真珠姫にも会うことはできない」

淡々と話す元首の様子に、心のどこかでホッとしていた。

蒼の王のところに行くのは絶望的に怖いけれど、元首はアニータやダンテと違い、リアンに対して淡々とした静かな口調で話してくれるので萎縮することはなかった。おそらく元首の言動に、真珠姫に選んだことへの申しわけなさがにじんでいるせいだろう。

「本当に誰も会えないのですか？」

「神秘的な存在だからね。元首と真珠姫以外は会えないのだ」

「やはり魔物なのですか？」

「そのあたりのことは答えることができない。元首と蒼の王とのやりとりは知られてはならないんだ、それ以外の人間は、あの島の秘密を知ってはいけない。今年、島から送りかえされた真珠姫候補の女性たちは、全員、記憶を失っていた。今は修道院にいる」

「ぼくも送りかえされる可能性は？」

「それはないだろう。なにせあちらからの御指名だからな」

え……。指名？　どういう？

「先日、最後の姫を送りかえされたとき、これまでと違って、蒼の王から直々に要望が出されたのだ。現在十八歳か、もしくは今年十八歳になる、高位の貴族の子弟がいい、と」

「そんなことが」

「ああ、前代未聞だ。こんなことは千年の間、一度もない。六十年前までは、ヴェネツィア一美しい処女か未経験の美少年か、そのどちらかを送るだけで良かったのに」

「これまでは一度も？」

「そうだ、だが……今回にかぎって……」

元首は重々しく呟《つぶや》き、ため息をついた。

「今、我が国の高位の貴族の子弟でちょうどその年齢にあたるのは、そなたか、異母弟のダンテしかいない」

そういうことか。でもどうしてそんな要望が来たのだろう。

「その条件をのんでくれたら、この先、この海域を嵐からも敵の軍隊からも守る、この異常気象もおさえようという約束だ」

それではなにがあっても行かないわけにはいかない。

「……蒼の王とは、どんな存在なのですか？　本当に、神……なのですか？」

「くわしいことは本当にわからないのだ。ただこの国が創設されたときから、守り神として、常にこの国を守ってきた。彼に伴侶をささげ、子孫を誕生させ、その子孫が何代にもわたってこの国と周りの海を守ってくれる」

花嫁がどうなったのか、向こうでどんな暮らしをしているのか、それは誰にもわからないということか。

（でも……この国を守るため、その条件にぼくが合っているのなら）

行くしかない。行って死ぬことになったとしても。

行かなかったとしても、そんなにいい未来があるわけではない。いずれにしろ、このまま伯爵家にいたところで、リアンの人生が幸せな方向に進むことはないのだ。

「行ってくれるか、リアン」

「ぼくが蒼の王のところに行けば、この国の平和は約束されるのですね」

「この国の海域を守ってくれる。海からこの国が攻められることはなく、商船の航路の無事を約束してくれる」

そのために人柱になるのか。

リアンは窓の外に視線を向けた。

誰かのためになるようなことなどなにもない人生だった。喜びも楽しみも愛もなく生きがいもなく。高位の貴族の息子でありながら大学に行くこともなく、礼儀や教養を学ぶこともなく、華やかな空気に触れることもなく、ずっと地下室の掃除や下働きをするだけ。

それでもダンテやマルゲリータが喜んでくれるならまだ良かった。でもただただ蔑《さげす》まれ、なにをしても喜ばれず、八つ当たりの標的にされるしかない存在。そんな自分がこの国を守るなんて。

リアンはふっと苦笑した。

よく考えたらすごいことに思えてくる。一生に一度、一つでも役に立てるのなら、そんな素晴らしいことはないじゃないか。

この国の玄関口——大運河からの地中海を見すえるように建った元首宮殿の広間。

窓の外にはサンマルコ広場が広がり、そのはるか向こうに広がっているアドリア海は、今年になってから一度も晴れたことがない。

どんよりとした灰色の雲が重々しく垂れこめ、同じ色の海が広がっている。風が唸《うな》りを上げるたび、大きな波しぶきが荒々しい音を立てて波止場を打ちすえていた。その音が共和国全体をよりいっそう憂鬱《ゆううつ》な空気に包んでいる気がする。

自分が生贄の真珠姫になれば、本当にあの空は晴れるのだろうか。

あの海もエメラルドグリーンの色彩をとりもどすのだろうか。

そしてなによりも静かでおだやかな平和がこの国に保証されるのだろうか。

それなら、なにもしないよりも価値のある人生が送れる。

『ぼくはそういう友達が欲しいんだ』

オルフェオの言葉が耳の奥でこだまする。

そういう友達になれる未来はない。あのカビだらけの地下室で、延々と掃除をして過ごす時間しか自分にはない。ただただ無価値な存在だった。

それなら少しでも価値のあることを。

覚悟を決め、リアンは元首に視線をもどして大きく息を吸った。そして。

「……わかりました。行きます、真珠姫になります」

さよなら、オルフェオ、さよなら、父上、さよなら、ダンテ、さよなら義母上、さよなら、異母妹、さよなら、地下室の日々。

そして、さよなら、ぼくの故郷——海の都ヴェネツィア。

2　蒼の王との始まり

その次の満月の日、リアンは「海の孤城」へとむかうことになった。

サンマルコ寺院の鐘楼から響いてくる鐘の音。

昨夜からいつにも増して激しい波しぶきを立てていた海。

強風の日は海が荒れやすい。

本来なら浅瀬の干潟に造られたヴェネツィア島のまわりの海は、他の地中海の海域ほど大きく荒れることはないのだが、このところ、異様なほど海が荒れている。

「今度こそ、蒼の王の心がおだやかになればいいのだが。リアン、不安かもしれないが、しっかりお仕えしてくれ」

元首は本当に不安そうだ。

このまま悪天候が続くと国が滅びてしまうかもしれないからだ。海に囲まれ、海と共存してきた国ならではの悩みだろう。

海によって外敵から守られ、商船での貿易で富を得るという恩恵をあずかってきたが、海と共存できなければこの国は一巻の終わりだ。

今日は明け方から嵐のような風が吹き荒れている。波戸場につながれている数十艘《そう》ものゴンドラが今にも流されんばかりの勢いで、右に左に縦にと大きく揺れ、ぶつかりあう音が鐘楼の鐘の音すらかき消している。

――本当にこの海が静かになるのだろうか。

でもだからこそ行かなければ。

リアンは元首と父が用意してくれた婚礼用の衣服を身につけた。

絹製の白いブラウスに金と銀の細工で刺繍された淡いゴールドの足首まであるドレスにも似た長衣。最近フランスで流行しているすっぽりとしたチュニックのような服で、ギリシャ神話のような格好だ。

寒い季節なので、その上にミンクのコートをはおり、衣服と同色の、上品な帽子に、そこから垂れた顔を覆うように白いベールをかぶる。

リアンは中央の屋根のある小部屋に座っていたが、垂れ幕の間から、離れていく故郷の街をじっと見ていた。

用意された御座船は驚くほど豪奢《ごうしゃ》だった。儀式用の立派な船で、黄金と獅子《しし》の彫刻に飾られている。

見送るものは元首だけ。父もいない。

「それでは、行ってまいります」

荒々しい水しぶきがゴンドラの壁面にぶちあたり、大きな揺れとともに海水が垂れ幕に叩きつけられる。荒々しい波の海は怖い。子どものころ、船旅の途中、嵐に遭遇して大破した船から落ちたことがある。もしかすると、この辺りだったかもしれない。

荒波が揺れるなか、沈んでいく自分。あのとき、泣いていた。もう死んでもいいと思って。

——もう嫌だ、耐えられない。ぼくは消えてしまいたい。

そんなふうに心で叫んだとき、聞こえた声。

——しっかりしろ、こんなところで死ぬな。

——きみの作るプディングが大好きだ。ロクムも好きだ。

——きみを生き返らせる。だから大人になったら、家族になって欲しい。

祈るように耳元でささやき、嵐の海から助けてくれた。

なんというぬくもり。それに優しさ。ああ、この声のために生きていたい。そう思ったのだ。

そして目を覚ましたとき、オルフェオがリアンを抱きかかえていた。

高熱のさなか、それがどれほどうれしかったか。

だからずっとオルフェオが助けてくれたと思っていたが。

でも果たして、あのときの彼はオルフェオだったのか。記憶は曖昧だし、もしかすると、自分が都合のいい夢でもみたのか。

彼がリアンのことをそこまで好きでいてくれたようには思えないのだ。

『リアン……友情というのは対等な者同士の間で成立することなんだよ』

対等ではなかった自分たち。彼が同等と思ってくれたことはなかったのだ。

——真っ暗な闇に突き落とされたような気分だった。

なのに泣かなかった自分が不思議だった。ただただ心が乾燥したようになるのを感じただけだ。

それともこんな未来が待っていることがわかっていたので、無意識に心のブレーキをかけていたのだろうか。

愛——か。

もしかすると自分は誰も愛せないのではないか。誰からも愛されないだけではなく。

嵐の海で助けてくれた人が恋しい……と思うのもおかしいかもしれない。オルフェオの言っていたように、ただ救いが欲しかっただけなのか。

『救いなんて誰も与えられない。自分で何とかするしかないんだ』

オルフェオの態度に絶望を感じはしたものの、心の底では、その通りだという気持ちもあった。

そう。誰もなにも与えてはくれない。自分で何とかするしかない。

——だからこれは自分で選んだことだ。真珠姫になって、少しでも価値のある「生」を生きる。

覚悟して選んだ。

垂れ幕を開け、大きく揺れるゴンドラから遠ざかっていくサンマルコ広場と元首宮殿の様子を見ているうちに、気がつけばあたりに霧がかかっていて、視界が白い闇でおおわれたようになっていた。

ここがどのあたりがわからない。水の色は濃い。この海域では沈んだ船は戻らないという。

海の孤城の島に近づけば近づくほど霧が濃くなってくるらしい。

地下には神殿があるというが本当だろうか。異世界だという伝説もある。こんな状態で無事に着くのだろうかと不安が押し寄せてきたとき、リアンはハッとした。

「――っ！」

波が静かになっている。ふしぎなほど凪いでいる。こんな海、何カ月ぶりだろうか。

そうしてどのくらい進んだのか、日が暮れかかったころ、島に到着した。

本島からどのくらいの距離があるのかわからないが、泳いで戻ることは無理そうな距離だというのはわかる。

尤《もっと》も、こんな季節に、泳ぎが得意でもないリアンが海を渡ることは不可能なのだが。

もう戻れない。

覚悟を決め、リアンは波止場に降りた。すると、すーっと御座船が遠ざかっていく。

「え……」

いきなりひとりぼっちとは。霧のなか、桟橋で立っている状態でどうしたらいいのか。

そう思っていると、霧のなかから使用人らしき男性が現れた。

「リアンさま、お待ちしておりました」

「は、はい」

「あなたの花婿となられるご主人さまがお待ちです。私は側近のアンジェロと申します。あなた方の世界の言葉では、従者というものに一番近いと思います。この島に唯一住みこんでいる使用人で、外界からやってくる使用人の世話やご主人さまの伝言を本島とつなぐ橋渡しをしております。なんなりとお申しつけください」

「は、はい、リアンです。よろしくお願いします」

「どうぞこちらへ」

「あ、はい」

しかしうまく歩けず、リアンはその場で転びそうになり、ちょうど桟橋の横にあった岩に手をついた。そこに海水がかかり、せっかくの白い手袋がびしょ濡れになってしまった。

「足場が滑ります。どうぞ」

アンジェロがすかさず手を差し出してくれた。助かる。滑りそうなところをこの足で歩くのはとても辛い。リアンはホッとしてアンジェロに手を伸ばした。

「ありがとうございます」

「ここです、すぐですが、階段が続くのでお気をつけて」

桟橋の前に門があり、そのむこうに塔があった。なかに入ると、螺旋階段が続いている。

「この上に城があります」

「この上、あなたもここにお住まいですか？」

「はい」

「蒼の王と?」

「いえ、この子たちと」

「え……」

見れば、アンジェロの足元に二匹の真っ白な子猫がいた。まったく気づかなかった。

ふわふわしていて、とても小さくて、なのにとても太っていていてかわいい。

「わあっ」

リアンの周りを彼らがくるくるとまわっている。恐怖と不安しかなかったのに、いきなりかわいい猫たちの出現に緊張感が軽減された気がする。

「ああ、こちらはこの島に住むオーロとラーメといいます。目が金色のほうがオーロ、目が琥珀色のほうがラーメです」

アンジェロは二匹を腕にかかえ、説明した。

ああ、だから金――オーロ、銅――ラーメなのか。

優しい笑顔。なんとなくほっとして、リアンも微笑した。

よく見れば、アンジェロの目も、片方が金色、片方が銅褐色。不思議なオッドアイだ。

肩まで伸びた長めの髪も黒とグレーと白がまざりあっていてとてもミステリアスな感じがする。

美しい目鼻立ちではあるものの、少し青ざめたような血色の悪い肌で、彫像めいた雰囲気があるせいか、この世の人間ではないような雰囲気を感じる。

「かわいい猫たちですね」

「猫、お好きですか?」

「はい、大好きです、猫もウサギも犬もイルカも」

リアンは笑顔で手を伸ばした。すると、アンジェロの腕のなかの二匹の猫がペロペロとリアンの指先を舐《な》めていく。

「この世界では私とこの猫二匹だけが蒼の王にお目通りできます」

「この猫も？」

「はい、ですが、今日からあなたさまも加わります」

アンジェロはにっこりと微笑した。

その笑顔、それから猫たち。想像していたところとまるで違う雰囲気に、ホッとして身体の力が抜けそうになった。これまでずっと固く凍ったようになっていたのに、急にあちこちがほぐれた感じがしてきたとでもいうのか。

これまでの真珠姫たちもこんな感じだったのか。このアンジェロという不思議な雰囲気の従者やこの愛らしい猫たちに心をなごませただろうか。

「それではここでお待ちください。のちほど、別の従者が聖堂にご案内します」

「聖堂て……」

「婚姻の誓いを立てていただくのです。蒼の王の伴侶にならなければ、この島では暮らせません」

「はい」

「あなたの食事は、一日三回、使用人が作ります。暖房は、薪がありますので暖炉を使ってください。入浴は毎朝使用人が準備します」

「……はい」

「いったんこの島に入ったあとは、蒼の王から離縁を申し入れられない限り、二度と出ることはできません」

「あの……離縁のときは……」

「記憶を消され、本島の修道院で過ごすことになるでしょう」

そうか、元首が説明したとおりだ。

「では、今しばらく、ここでご自由にお待ちくださいませ」


それからしばらくしてアンジェロが去ったあと、リアンはずっと海を眺めて過ごした。

いつのまにか霧は晴れていた。

大きな満月も煌《きら》めく星々も、それから静かな海原もあまりにひさしぶりで、ものすごく尊く、ものすごく貴重なもののように感じられた。

そうしているうちに別の若い男性が現れた。

アンジェロ以外、誰も蒼の王に会えないというのに、他にもまだ使用人がいるのだろうか。

廊下を進んでいくと、元首が話していたとおり、島はヴェネツィア本島のサンマルコ広場や元首宮殿のあたりとそっくりだった。

案内されたのは教会だった。

だが、そこまでくると案内人の姿も、廊下の先にいた二匹の猫の姿も消えていた。

そして花婿が現れた。想像していたよりもはるかに美しく、そして優しい雰囲気をまとった蒼の王に胸が詰まって、それまで張り詰めていたものが一気にゆるむのを感じた。

「毎食後、それを一粒ずつ、欠かさず飲みなさい。次の満月までの間」

そして蒼の王はこう付け加えた。

「それを飲み終えたとき、もう一度、きみに問うことにしよう。私の伴侶……真珠姫になる覚悟はあるのか……と」

「あの……もう一度って……どうして」

「今日会ったばかりで、我々はまだ互いのことをなにも知らない。だからきちんと婚約期間をもうけたいのだ」

リアンを愛する自信がないからそんなふうに言ってきたのかわからない。問いかけるのが怖かった。オルフェオのときのように、同情や憐《あわ》れみから優しくされているだけかもしれないのに。

真珠姫になりさえすれば蒼の王から愛されると勘違いしていただけ——とはっきり示されたら、どうしていいかわからなくて不安なのだ。

——一年間だけでも愛して欲しい……なんて、やっぱりぼくは厚かましいのだろうか。

救いを求められても困る——ともう一度言われたら。

覚悟を決めてここにきたのに、見込み違いだったからと送り返されたら……。

そのときはこれまでの真珠姫候補同様に記憶をなくすみたいだから、そんなに傷つかないかもしれないけれど。

「では、婚約のしるしにこれを」

蒼の王はリアンの左手をとり、手の甲にそっと唇を近よせていった。

自身の手に恥ずかしさを感じ、リアンはとっさにひっこめようとしたが、蒼の王はそれを厭うどころか、むしろ愛しげにそこに唇を這わせた。

その優しさに涙腺《るいせん》がふるえた。もうずっと乾いていた目元が少しずつ潤んできたのだ。


蒼の王……ずっとここにいたいと言ってもいいですか？

ぼくは……あなたのその優しさにやっぱり救われてしまいました。

こんなに簡単に救われるような相手なんて嫌ですか？　あなたに愛されたいと思っていると知ったらがっかりされますか？　勘違いしないで欲しいと軽蔑《けいべつ》しますか？

その夜、眠りながらリアンはずっと心で問いかけていた。

「……ん……」

たえまなく聞こえてくる波の音が心地いい子守唄のようだ。

昨日の船旅のせいか、今もまだ海の上にいるような錯覚をいだきながらシーツにくるまってうとうととまどろんでいる。

こんなにふかふかのベッドで寝るのは初めてだ。まるで雲に抱かれているようというのも変だけど、おかげで最初は緊張してなかなか眠れなかった。

昨夜――――。

婚約の誓いをたてただけで、ベッドをともにすることはなかった。

次の満月まで、毎食後、一粒ずつ、真珠を食べ、ここでの暮らしに身体を慣らしてから正式な伴侶の儀式を行うらしい。

（身体をならすというのは……どういうことだろう）

いろんなことがありすぎて神経が高ぶって眠れなかった……というのもある。

明け方までずっと目が冴《さ》えていたせいか……考え疲れて気がつけば眠ってしまったらしい。そしていったん睡眠の底に入りこんだあとは、ただひたすら眠くて眠くてどうしようもない。

想像していたよりもずっとふんわりとした場所だということにホッとしたせいもあるだろう。

そんな感じで起きあがる気にもなれず、起きたり眠ったりをくりかえしているうちに軽やかな足音が聞こえてきた。

誰かが起こしにきた。そうだ、掃除しないとという意識が胸をかすめたときだった。

「リアンさま、おはようございます、起きてください」

「起きてください」

かわいい子供たちの声に、リアンがはっと目を覚ますと、そこに貴族の青年のような格好をし、頭が猫の子供が二人いた。

「え……」

一瞬、変な夢を見たのかと思った。あまりにびっくりして飛びあがるように半身を起こし、リアンは枕《まくら》を思い切り抱きしめた。髪はボサボサ、寝乱れた寝巻き姿のまま。

まだ何となくではあるけれど、ゆらゆらと揺れている感覚が身体のなかに残ったままだ。カモメの鳴き声や波の音も聞こえてくる。

だから今も眠っているような感じで、これも夢の出来事なのかと思った。

でなければ信じられない。長靴を履いた猫の童話に出てくるような、謝肉祭でよく見かける三銃士の格好をしたリアンの腰の高さほどの顔だけ猫の子供が二人、というか、二匹というか……猫人間がこちらを見ているのだ。

二人は帽子をとって、ペコリと騎士のお辞儀のように頭を下げてきた。そして声をそろえて挨拶《あいさつ》した。ミャーという声ではなく、ちゃんとした人間の言葉だ。

「おはようございます」

「ございます」

「……」

違う、夢ではない。猫の頭をした人間？　いや、人間のように二足歩行する猫？　よくわからないけど、現実だ。

「昨日の白い猫のオーロとラーメです」

「オーロとラーメです」

二人が自己紹介してくる。たしか金色の目がオーロで、銅の色がラーメだ。ああ、めちゃくちゃかわいい。思わずリアンは顔を綻ばせた。

「お……おはよう」

笑顔をむけると、帽子をかぶり、猫たちは胸の前に手をおいて再び深々とお辞儀をしてきた。まったく同時に、合わせ鏡のようなその動きが愛らしくてずっと見ていたい。

「朝ごはんは何時にお持ちしましょうか？」

「お持ちしましょうか？」

さっきからの彼らを見ていると、どうやらオーロが話した言葉の語尾をラーメはそのまま復唱するらしい。

「あ……え……」

「蒼の王から言いつかっています。リアンさまの身のまわりのお世話をしろと」

「お世話をしろと」

「は……はあ」

「リアンさまは真珠姫になられるお方。我々は、真珠姫さまの従者です。ベビーが誕生されますとベビーシッターの役目もつとめます」

「ベビーシッターの役目もつとめます」

彼らが赤ちゃんの世話を？

どんなふうなんだろう、見てみたい……という気持ちが湧《わ》いてきが、赤ん坊は真珠姫の魂とひきかえに誕生するといわれていることを思いだし、一気に現実がリアンを冷静にしていく。

——そうだ……ぼくがそれを見ることはないんだ。

リアンは昨夜のことを思い出した。

自分の手には、蒼の王からいただいた真珠の指輪。枕元には、同じく彼からうけとった真珠のネックレスがかかっている。

蒼の王……。どんな恐ろしい魔物なのか——絵本で描かれていたのは、古代メソポタミアの歴史に出てくる半魚人のオアンネスや人魚のような姿だった。

そんな相手なのか、ギリシャ神話のイクテュオケンタウロスのように下半身だけ水棲《すいせい》動物のような姿なのか、伝説でささやかれているドラゴンのような風体か、あるいはポセイドンの彫像のような年老いた筋骨隆々の巨大な相手なのか、ここにくるまでいろんな想像をしていた。

けれどどれもまったく違った。

どんな絵画でも見たことがないほどの美しさに驚いた。

それにとても優しいひとだった。

——本当に人間じゃないのだろうか。どう見ても神々しいほど美しいひとだった。

ここもそうだ。これまでリアンが暮らしていた場所よりもずっと優雅で美しい。こんなふわふわのベッドなんて生まれて初めてだ。

「あの……蒼の王は？」

リアンは枕元のネックレスに手を伸ばした。

これを毎食後一粒ずつ飲み、身体がここでの生活に慣れたあと、一カ月後に正式な婚姻をするかどうか尋ねると言っていたけれど。

「蒼の王は、日中、太陽が出ている間は別のところでお過ごしです。夜だけこちらにもどっていらっしゃいます。夕飯をご一緒にどうぞ」

「ご一緒にどうぞ」

「別のところって？」

どこなのだろう。絶海の孤島なのに、ほかに行くところがあるのか？

「そのうちわかります。昼間は好きにされてかまいません。ただし、建物の中からは一歩も出ることができません。鍵《かぎ》がかかっています」

「かかっています」

「ここでリアンさまがどう暮らしていかれるかはあなたが決めてください。蒼の王はリアンさまを束縛する気はありません。リアンさまに何かをして欲しいと思われていません」

「いません」

「ではわれわれはこれで。御用がありましたら、呼び鈴を鳴らしてください。我々はその音を聞いてすぐにリアンさまのところにやってきますので」

「やってきますので」

次々と説明され、まだ頭のなかで整理できていないのだが、あまりにも彼らの姿がかわいくて、リアンはずっと微笑していた。

「はい、どうもありがとうございます」

「それで、朝食は何時にお持ちしますか？」

「お持ちしますか？」

「あ、食堂の場所がわかったら、すぐにそこに行きます」

できればこの建物がどんなふうになっているのか知りたかった。

「それでは食堂に用意しておきます。この一つ下の階の海に近い場所にあるところが食堂です。この一つ下の階は、広間と食堂があります。台所もあります。広間の扉を開けると、バルコニーに出ることができます。外に出ることはできませんし、聖堂の裏の塔や地下室にも行かないでください。ですが、バルコニーから海を見ることができます。外の空気が吸いたければそちらからどうぞ」

「そちらからどうぞ」

「はい」

「それから、この階までは使用できますが、ここより上は何も使用していませんので、掃除も何もできていません。危険ですのでできるだけ近寄らないようにしてください」

「してください」

「わかりました」

「では我々はこれで失礼します。朝食をとりたければ、下の階に行って召し上がってください。すぐに用意しておきます」

「用意しておきます」

「ありがとう」

「蒼の王は日没後にいらっしゃいますので、夕飯はそのときになります。昼食はどうしますか？」

「どうしますか？」

「適当でいいです。食べられるものさえあればそれで」

「適当と言われても困ります」

「困ります」

猫たちが顔を見合わせて、うんうんとうなずいている。

「あ、じゃあ、朝と同じものを置いておいてください。それで大丈夫です」

「わかりました」

「ました」

かしこまった様子で深々とリアンにお辞儀をすると、猫たちはしゃきしゃきとした足取りでその場を去っていった。

まだ夢を見ているような気がして、リアンはぼんやりしていた。

当たり前のように会話をしていたけれど、よく考えれば、猫が三銃士のような格好をしてしゃべるなんて不思議すぎる現象だ。

でもあまりに愛らしくて、そしてあまりにも感情のない彼らの話し方や復唱の仕方が余計にかわいくて、ついつい普通の会話をしてしまった。

――信じられない、あんなに素敵な生き物がいるなんて。あ、生き物じゃなくて、猫？　それとも人間？　猫人間？

昨夜、教会で会った蒼の王も、とても優しくて素敵な人だった。

全然怖くなくてびっくりしている。地獄に行くくらいの気持ちで覚悟を決めたのに。地獄どころか、楽園のようにすごくいい場所だ。

オーロとラーメだけでなく、あのアンジェロという従者も優しかった。

――本当にこれでいいの？　本当はこれは夢？

もしかして、昨日、知らないうちに船が沈んでしまって、リアンはそのまま死んで天国にきてしまったのだろうか。

それともそのまま意識を失って、ずっと夢のなかにいるとか。

信じられないほどの心地よい場所にいる。それがあまりにも嘘のようで、だんだん目頭が熱くなってきた。気がつけば、ほおが濡れている。これまで干からびていたはずの涙腺なのに。どっと緊張が解けたのだろう。

どんな相手でも、どんな場所でも受け入れようとは思っていたけれど。

――いいのかな、こんなところでこんなにぬくぬくして。

なにも辛いことがない現実に、かえって不安になってくる。やっぱりまだ夢なのか。

リアンはベッドから降りて窓を開けた。

これまでの悪天候が嘘のように晴れあがった青空が広がっている。太陽がまばゆく波濤《はとう》をきらめかせ、カモメが楽しそうに飛んでいる。

「夢じゃない、夢じゃない、ここでこれから暮らしていくんだ」

ああ、気持ちがはずんでくる。

海に囲まれたこの小さな島。島全体が城になっている。いわば、要塞《ようさい》のようなものだ。それにしても、日が昇っている間、一体、蒼の王はどこに行っているのだろう。

さっきの猫たちはどこに行ったのだろうか。アンジェロは？

そんなことを考えながらベッドのシーツを直し、部屋を掃除して着替えを済ませると、リアンは厨房へと向かった。


朝食の後、リアンはそこにあった食材を使って夕飯を用意することにした。

「リアンさま、食事の支度は彼女たちがすることになっているのですよ」

食事の支度がしたいと伝えると、アンジェロが困ったような顔で言った。

「彼女たち？」

「はい、我々の仕事です」

現れたのは二人の女性だった。

島に通いできている使用人で、アンジェロの話では、彼女たちはシグに会ったことはないけれど、婚姻前なので、リアンには会ってもいいらしい。

「なにか必要なものがあれば本家の方から取りよせます。彼女たちに申しつけてもいいですが、基本的にあなたと接触するのは私かあるいは猫たちのどちらかにしてください」

「わかりました」

「食事の支度やそれ以外のことも使用人がすべてすることになっていますので、彼らの仕事を奪うようなことはしないでください」

「え……仕事って」

「寝室がとても綺麗になっておりました。ご自身でベッドメイクをされたのですか？」

「は、はい」

やり方がよくなかったのだろうか。なにか不備でもあったのか不安になってきた。

「窓や暖炉の掃除も？」

「え、ええ」

きっとなにか失敗したのだ。許可をもらってから掃除をすべきだったのだろうか。いつもしていたことなので、当然のようにしてしまったのだが。

「すみません、やり直します」

リアンは寝室にもどろうとした。するとアンジェロがそれを止める。

「お待ちください、やり直すって……どうしてですか？」

「あの……ごめんなさい、ぼくは……本当に気が利かなくて。いつも失敗ばかりしてしまうので、それで……どこかまずいところがあったのではないかと思って……本当にもうしわけないです」

実家では、なにをしても、アニータから叱られた。洗濯も掃除も裁縫もまともにできないのかと何度もやり直しを命じられ、泣きそうになるのをこらえながら、どうすればうまくできるのか、どうすれば叱られないで済むのか考えることが多かった。

「あの……リアンさま、やり直すどころか完璧でしたよ」

「本当に？」

「ええ、どんな使用人でもあれほど綺麗にベッドを整えることはできないでしょう」

よかった……と、リアンはほっと息をついた。褒められたことなどなかったので、安堵のあまり涙ぐんでしまった。

「安心しました。よかったです」

「リアンさま、あの、違うんです、安心される必要なんてないんです。そもそもリアンさまがそんなことをされなくても」

「え……」

「そういうことは使用人たちの仕事です。彼らは給金をもらってその仕事をしているのです。あなたがすることによって彼らの仕事がなくなってしまうと、彼らはすることがなくただ遊んでいるだけになって、ここで働く意味がなくなります」

「そう……なんですか?」

「はい。働く意味がなくなると、彼らを雇う必要もなくなります。そうなったら彼らは失業します。本島では働く場所は限られていますから、ここでの仕事を失うと、彼らはたちまち飢えてしまいます」

「すみません、気がつかなくて。では、掃除や洗濯は彼らにまかせることにします」

ずっと自分の仕事としてやってきていたので、他人にまかせるのは落ちつかないのだが、そういう決まりならばしたがうべきだろう。

「蒼の王は、リアンさまには不自由な生活をさせたくないと望んでおられます。リアンさまは、もっと普通に、これまでと同じように過ごしていただければ……と」

これまで。これまでと同じつもりだったから、掃除やベッドメイクをしたのだけど。

だけど、それを言ったら蒼の王にがっかりされるかもしれない。

彼は「真珠姫」に「高位の貴族の子弟」を望んだ。子弟の息子らしい振る舞いや気品、それから知性を望んだのだと思う。

子孫のために、そうした血統が必要と考えたと思うのが妥当だろう。

「わかりました。行動には気をつけます。あの……でも、もしよければ、今日はお菓子を作ってもいいですか?」

これだけはしてみたかった。高位の貴族の子弟らしい行動ではないけれど、蒼の王への贈り物として得意なことを。

昨日、この手にキスしてくれたことがうれしかったから。

「ええ、けっこうです。食事の支度はこちらでしますが」

「すみません」

「謝らなくていいですよ」

「あ、じゃあありがとうございます」

「礼も必要ないですよ。ところでお菓子作りはよくされていたのですか」

「え、ええ、子供のとき。このマンダリンオレンジ、使っていいですか？」

リアンは厨房のカゴに山積みにされたオレンジに視線を向けた。

「ええ、どうぞ。新鮮なので存分にお使いください」

いい香りがする。最近はやっていなかったから不安だけど、蒼の王のためになにか作りたい。

――なにがいいだろう。オレンジのケーキが無難かな。

本当はトルコのお菓子を作ってみたかったが、今は作る気になれなかった。昨年、アニータから叱られたときのことを思いだしてしまうからだ。

一年ほど前のことだったが、異母妹のマルゲリータから、いきなりトルコのお菓子の作り方を教えて欲しいと頼まれたことがあった。

あまり話したことのない異母妹だったが、『私、お異母兄ちゃんと仲良くしたかったの』と言われ、心があたたかくなった。

誰かから必要とされるのは本当に幸せで、ていねいに教えたのだが、マルゲリータが食べていたお菓子を見てアニータが激怒した。

『どうしてトルコのお菓子をマルゲリータが？』

アニータの逆鱗《げきりん》が恐ろしかったのか、マルゲリータは泣きじゃくりながら嘘を口にした。

『あ、これは……リアンが無理やり私を……。お菓子で誘って……それからキスをして……私を押し倒して……』

突然のマルゲリータの言葉にリアンは崖《がけ》から突き落とされたような気持ちになった。

なぜ、そんなことを。うれしかったのに、精一杯、お菓子作りをしたのに。

泣きじゃくるマルゲリータを前になにも言いわけできなかった。したところで、信じてもらえるわけではないのもわかっていたが。

そのあと、リアンは地下室に閉じこめられ、激しくアニータから折檻《せっかん》された。

――マルゲリータは……アニータが怖くてあんなことを言ったんだろう。ぼくと少しでも仲良くしたらなにをされるかわからないから。

気持ちはわかる。彼女の恐怖も劣等感も理解できる。ただショックだった。そしてそのときも、オルフェオが助けてくれたのだ。

父親の元首とともに家に現れ、元首がみんなと会いたがっているからと言ってくれたおかげで、リアンは地下から出してもらうことができたのだ。

『マルゲリータが泣いていたから、理由を尋ねたら教えてくれたんだ。これで大丈夫だよ』

オルフェオのあのときの優しさにも救われた。

――だから勘違いしたのかな……彼はいつまでも優しい、と。

でももう今のオルフェオはあのときの彼ではない。

もうあそこにはもどりたくない。怖い。やわらかいベッドで普通に眠りたい。冷たい石のベンチで毛布にくるまって眠るのは嫌だ。

冷たくないものを食べたい。怒られたり、閉じこめられたりすることがない場所にいたい。たとえそれが十カ月から一年ほどの短い間だとしても。

「そうだ、リアンさま、ここでは鍵がかかっていないところであれば、どこでなにをされてもかまいません。お菓子を作られたあとは、どうかお好きに探検でもなさってください」

どうしよう。そう言われても。でもせっかくだからこの建物のなかがどうなっているのか散策してみるのもいいかもしれない。この足なので、そうたくさん歩くことはできないけれど。

「わからないことがあったら何でも尋ねてくださいね」

「はい、ありがとうございます」

「お礼はけっこうですよ」

「あ、はい、ありが……あ……いえ……ごめんなさい」

アンジェロはふっと笑った。

「愛らしいかたですね、とても素敵です、リアンさま」

「えっ、そ、そう……ですか」

驚いてリアンは口ごもった。素敵だなんて初めて言われたのでどういう反応をしていいのかわからない。

「オーロとラーメも言ってましたよ。リアンさまはとっても素敵な真珠姫だと。お優しくてかわいいお方だと」

「そんなこと……あ……いえ……そ、それはどうも」

まともな返事になっていない。否定されることは慣れているが、誉《ほ》められるのは苦手だ。緊張してしまう。

「なにかご質問などはありませんか？」

「あ……は、はい」

リアンは縮こまったようになりながらアンジェロに尋ねた。

「あ……そうだ、これまでの方々は……その……ここでどうやって過ごされていたのか……」

「ほとんどが島に入ることができませんでしたが、ごくまれに入ることができた花嫁候補の女性たちには、蒼の王がとても気づかわれて、いろんな頼みをかなえてあげていましたよ。誰ともお会いにはなられていませんが、私に、みなさんが不自由のないよう、楽しく過ごせるように配慮してほしいとお伝えになられて」

蒼の王がそんなことを。やはりあのひとはとても優しいのだ。

「あ、じゃあ教えてください。みなさんがなにをして過ごしていたのか知りたいです」

「そうですね、一番最後の方もその前の方も、毎日、パーティーをひらいていました」

「えっ、パーティ？　できるのですか？」

「ひらきたいのですか？」

「あ、いいえ、すみません、変な質問して。ただ一人でどうやってパーティーをしていたのか知りたかったので」

「本島に頼んで楽師や踊り子を呼び、舞踏会をひらいていました。オペラ歌手を呼んでいる者もいましたし、使用人を連れてきた者もいます」

「そんなことをしてもいいのですか？」

「ここで過ごしたことの記憶はなくなりますし、舞踏会や音楽会をひらいたり、話したりする相手でしたら、別に問題はありません。ただし、彼らは蒼の王と顔を合わせることができません。オーロラーメも小さな猫の姿のままです」

そういうことが可能であったのならば、前にきた女性たちは退屈しなかっただろう。

だが楽師を呼んだり、遊ぶという感覚がリアンにはない。これまでそんなことは一度もしたことがないのだから、どうしていいかさえわからない。はたして、ここでなにをして過ごせばいいのか。

「ご希望でしたら、友人をお呼びすることもできますよ」

「友人も？　友人も呼べるんですか？」

「はい。もちろん記憶を消しますが」

アンジェロが言うには、記憶を消すのはこの島の構造を知られたくないからのようだ。

うず潮があるため、簡単には近づけないものの、かつて生贄になった真珠姫の恋人が彼女を助けようと島を訪れ、島の構造やうず潮がなくなる時間帯を調べたあと、軍隊でとりかこんで蒼の王を殺そうとしたことがあった。ここにいた猫族の多くも惨殺された。

また別のときは、同じようにこの島について調べた敵国がヴェネツィアを攻める拠点にしようと計画したこともあった。

そうした経緯から、この島にきたものはすべて記憶を消すことにした。

その成分を持つ、特別な白珊瑚を粉末にし、この島から出ていくすべての者にそれを飲ませるのだ。

そうすると、人間たちはその直前の記憶を失うらしい。

「だから、誰を呼んでもかまわないのです。帰るとき、すべての人間はここでの記憶を失っているわけですから」

「元首も……ですか？　公的には、元首だけがここにこられると聞きましたが」

「ええ、公的にこられるのは代々の元首のみ。時と場合によりますが、元首にも白珊瑚を飲んでいただくことがあります。これまでに信頼できない元首もおりましたので」

ただ、契約上の必要な事柄のみ記した文書を元首に手渡すことになっている。そうすれば、ここで決めた事柄にまちがいがないからだ。

「そんなわけで、もしご友人とお会いになりたいのなら……」

友人……。オルフェオとはもう友人ではない。対等ではないのだから。

『リアン……友情というのは対等な者同士の間で成立することなんだよ』

あのときの言葉が頭のなかで反響すると、冷たく鋭い刃で胸を裂かれた気分になる。実際はそんなに冷たい言い方ではなかったはずだが、くりかえしくりかえし思いだしているうちに、どんどん冷ややかさを増し、どんどん胸の深いところを抉《えぐ》りこんでくる。

「あ、いえ……誰も呼ばなくていいです。友人はいないので」

リアンはアンジェロに背をむけ、オレンジに手を伸ばした。

だめだ、笑顔を作ろうとしても顔がひきつる。声も震える。

早く蒼の王に会いたいと思った。

昨日の優しい彼に。彼に喜んでもらいたい。このオレンジで、彼に笑顔になってもらえたら、この胸の痛みが消える気がして。

夜になるのがどれほど待ち遠しかったか。

ようやく日がくれた。

夜、夕飯の時間になり、やっと食卓に蒼の王が現れた。

「待たせたな」

「あ、いえ……」

リアンは緊張のあまりうつむき続けていた。お待ちしておりました、会いたかったです……と言ったほうがいいだろうか。

「さあ、座って」

「は、はい」

細長いテーブルの端と端にむかいあうように座る。ちらりと見ると、視線があう。今日はマスクをしていない。こんな美しいひとがこの世にいるのか……と思うほどきらきらしている。

「真珠を飲んだか？」

「あ……はい、ここから一粒とって。これで三粒めです」

リアンは首にさげていた真珠を取って立ちあがった。

「大丈夫だ、かぞえる気はない。席に座り直して」

蒼の王は手でリアンの行為を止めた。リアンは真珠のネックレスを首にかけなおして座り直した。

がらんとした石造りの広々とした食堂に、たった二人だけ。

彼の声も、リアンが椅子をひく音も奇妙なほど大きく反響したためすごく緊張して、身体がかたくなっている。

蒼の王の顔に昨夜のような笑顔がないせいだろうか。それとも改まって明るい場所で二人きりでむかいあっているせいだろうか。

あんなに待ち遠しかったのに。会いたかったのに。いざ目の前にしてしまうと、どうしていいかわからなくなってしまう。

そもそもこんな場所で食事をしたことはないのだ。人と一緒に食事をすることにも慣れていない。フォークやナイフの使い方、葡萄酒《ぶどうしゅ》の飲み方をはじめ、行儀作法がきちんとできていなかったらどうしようと思って、さっきから心臓がいつもより大きく脈打っている。

「葡萄酒は？」

蒼の王が深い藍色《あいいろ》のボトルに手を伸ばす。

もしやリアンのグラスに注いでくれようとしているのか。そんなもうしわけないこと、してもらえない。とっさにリアンはそのボトルに手を伸ばした。

「あ……い、いえ……ごめんなさい、い、いいです、ぼ、ぼく……自分で。あ、いえ、ぼく……葡萄酒は……飲まなくて……あの……それより……あなたのグラスに」

震える手でつかんだボトルから葡萄酒がドバッと流れ落ちてしまう。蒼の王の白いブラウスの袖口《そでぐち》が見る見るうちに赤く染まっていく。

「……す、すみません、どうしよ……汚れて……あ……」

「いいから、おちつきなさい。服などあとで洗えばいいだけの話だ。私も葡萄酒は飲まない。だからボトルをそこに置いて」

「は、はい、ごめんなさい」

いきなり失敗してしまった。あきれたような蒼の王の様子に失望された気がして哀しくなりながら、リアンはおずおずとボトルを置いた。

「それで……昼間はなにをしていたんだ？」

「あ、あの……お菓子を作りました。あの……そこにあるケーキを作ったのですが」

上目遣いで蒼の王を見たあと、リアンはテーブルの中央にあるケーキにちらりと視線をむけた。

「きみが？」

蒼の王は意外そうに眉をひそめた。

「え、ええ」

思ったよりもずっとうまくできたと思う。せめて失望が少しでもぬぐえれば。

作ったのはオレンジのアーモンドケーキである。昔、まだ母の侍女たちが生きていたころ、作り方を教えてもらった。

厨房にマンダリンオレンジがたくさんあったので、使用人に頼み、作り方を思い出しながらケーキを作らせてもらった。

オレンジの小さな果肉の入ったパウンドケーキの生地の上に、アーモンドスライスと蜂蜜《はちみつ》を絡《から》め、薄くスライスして炒《いた》めたオレンジを載せて焼いた。

「最近は貴族の子弟もそのようなことをするのか？」

「いえ……すみません、あの……そんなことはないのですが。あの……よかったら召しあがっていただけませんか」

リアンはもう一度立ちあがると、テーブルの中央にあったケーキをナイフで切り、小さなかけらを皿にのせた。しかしシグは手でそれを断った。

「必要ない」

「……！」

「そんな気づかいは必要ない。私のためになにか作らなくてもいいから。召し使いの仕事は召し使いにまかせればいい」

「……」

「それに……わけあって、決められた人間が作ったもの以外は、口にしないことにしている」

言葉の意味がすぐに理解できず、リアンはしばらく硬直していたが、ああ、そうか……と気づき、皿を元の場所にもどした。

うかつだった。我が家でもそうだった。リアン以外の家族は毒味の済んだもの以外口にしなかったし、部外者が作ったものを簡単に食べたりしなかった。献上品の葡萄酒もそうだった。

おそらく彼もそうなのだろう。けわしい顔をしている。よけいなことをしたリアンを不愉快に思っているのかもしれない。昨日の優しさに酔ってしまい、すっかり信頼されているものと思いこんでしまった。そう、これもきっとリアンの勘違い。いつもいつもこんな間違いをおかしてしまって情けない。

「すみませんでした」

また残念なことをしてしまった。椅子に座り直すと、蒼の王から視線をずらしたまま、リアンは小声で問いかけた。

「あの……やっぱり……疑っているのですか？」

返事はない。それが彼の答えだと思った。当然といえば当然だろう。

義理の母アニータは毒薬の知識に長《た》けている。

毒薬で有名な家の出だ。義理の母とリアンとの確執を知らない相手からすれば、自分たちが通じていると思われても仕方ないだろう。

「不愉快な思いをさせてすみませんでした。これはぼくがいただきますね」

リアンはケーキ皿に手を伸ばした。

「ああ」

切り捨てるような言い方に、自分の愚かさを実感して胸が痛くなった。

昨夜、彼が想像していたよりもずっと美しく、それにとてもおだやかで優しい雰囲気だったので、少しでも心を通わせることができるのではないか——と甘い期待を抱いた自分が恥ずかしくなってきたのだ。そもそもこれまでここにきた「真珠姫」候補は、誰一人、彼と添いとげてはいない。そう簡単に気に入られるわけはないのだろう。

昨日、出会ったばかりだ。

あまりに優しくて、死を覚悟していたのに、楽園みたいで心をはずませてしまった。

婚約したからといって、心も身体も結ばれたわけではない。なのに自分は一体彼になにを期待していたのか。

すぐに仲良くなれると思っていた自分が恥ずかしい。待ち遠しく感じていた自分がみっともなくてどうしようもない。

「では、食事をしようか」

「あ、は、はい」

彼は手袋をつけたまま、自分の前にあった葡萄酒用の杯に手を伸ばした。

「さあ、早く食べなさい」

「は、はい、すみません」

朝や昼はパンとフルーツとチーズだったが、夜の食卓には、最近流行している生パスタのトマトソース煮、じゃがいものスープ、それからチーズとチキンが並んでいる。こんな豪華な料理を前にするのは初めてだ。これまでは、食卓に残ったパンをミルクにひたして食べるのが主だった。

どうしよう、どうやって食べればいいのかわからない。昼間のようにパンに挟んで、ぱくっと食べられるものならいいのだけど。

蒼の王はどんなふうに食べているのだろうと思ってちらりと見つめると、リアンからの視線を勘違いしたのか、蒼の王はボソリと呟いた。

「作りたいなら自分の食べたいものを作るのは自由だ。食卓に置いてくれてもかまわない。ただ私は食べない。それだけだ」

「わかりました」

よく見れば、彼の食卓にはパンとスープだけ。パスタもチキンもない。食欲がないのか、それとも食卓でリアンの相手をするために無理にここに座っているだけで、本当はどこか別のところできちんと食事をとっているのか。

——多分そうだ。きっと……。

リアンはうつむき、トマトのパスタではなく、自分の作ったケーキに手を伸ばして、一口だけ食べてみた。試食をしたときは、とてもおいしく感じたのに今は冷たい砂でも食べているようだ。味がしない。こんな味気ないものを彼に食べさせようとした自分がさらに恥ずかしくなってきた。

「パスタは好きじゃないのか？」

「え……」

リアンは身体をびくっと震わせた。

「それとも、最近ではいきなりケーキを食べるようになったのか？　ケーキは最後に食べるものではないのか？」

「あ……いえ、すみません、そういうわけでは」

自分の作ったものを早く消費しなければと思っただけだが。

「それが好きなのか？」

「あ、いえ……い、いいえ、はい」

「そうか、それなら好きなものを食べればいい」

「はい、すみません」

すると蒼の王は小さく息をついた。

「さっきから謝ってばかりだが……つまらないのか？」

「え……」

リアンは顔をあげた。突然の言葉にわけがわからず目を見はるリアンから視線をずらすと、蒼の王は苦笑する。

「退屈なのはわかっている。ひとりでこんなところで過ごすことになって」

「いえ……そんなことは。もうしわけありません、つまらなさそうに見えたら」

「当然だ、なにもすることがないし、何の楽しみもない。高位の貴族の青年がここでの毎日に満足するわけがないのだ。なにかしたいことや欲しいものはないか」

もしかして、こちらに気を遣ってくれているのだろうか。それならそんな心配はないのにと思ったのだが、さっきのように自分の行為を拒否されるのが怖くてリアンはなにも言えなかった。

「どうした、なぜなにも言わない」

「それは……」

本当になにも望んでいないのだ。ここに死ぬためにきたのだ。彼の子孫を繁栄させるため。自分は死ななければならない。その覚悟を決めて真珠を口にした。

「貴族の子弟なら、剣の稽古《けいこ》か乗馬でもするのか？　あいにくこの島では乗馬は無理だが」

「いえ……剣や乗馬は……」

足が悪いので剣は使えないし、もちろん乗馬もできない。

「チェスは？　教えてくれれば一緒にできるかもしれない」

「……っ……すみません、チェスも……ちょっと……」

知らない、どうしよう。せっかく一緒になにかしようと誘ってくれているのに、チェス盤自体、見たこともない。そもそもゲームをして遊んだことなど一度もないのだ。

「好きではないのか？」

「あ、はい、すみません」

「では、ダーツやカードゲームは？　貴族の子弟はチェスやダーツ、カードゲームのような遊びを楽しむと書籍に書いてあったが」

「そのようですが……申しわけありません……ぼくは……」

なにもできない。まったく知らないのだ。どうしよう、なにをすればいいのか。こんなに歩み寄ろうとしてくれているのに。

だが、ふたりでなにをしていいのか、想像しようとしても思いつかない。それどころか焦れば焦るほど頭が真っ白になってしまう。

「そうか、それではビリヤードはどうだ？　もしきみが希望するなら、本島から台や道具をとりよせるが」

「い、いえ、けっこうです、わざわざ本島からだなんて、もうしわけないです」

リアンはとっさに首を左右にふった。

ビリヤードはダンテが友人たちと遊んだあと、球やキューや台の掃除をたのまれたことがあるが、どうやってするのかまったく知らない。

そのキューで球をつくような遊びだということくらいはわかるが、この足で身体を支え、きちんと玉をつくことなどできないだろう。

「あ、じゃあ、テニスでもするか？　ここの中庭にテニスコートがある。私も一度やってみたかったんだ。動きまわるのは得意ではないが」

「あ……ごめんなさい、テニスも……ぼくは……」

どうしよう、何もできないなんて。情けなくて涙がこみあげてくる。

「そうか、ならいい」

二人の間に気まずい空気が流れる。

ああ、どうしてこんなにつまらない人間なのだろう。せっかくいろいろと提案してくれているのに。

貴族の子弟なのに、なにもできないのかとあきれられている気がした。

それでも蒼の王は別の提案をしてくれた。

「なら、これならいいか？　きみのために本島から楽師を呼ぶというのは」

楽師？　どうしてそんなことを。音楽は好きだが。

「本島から人を呼ぶことができるのですね。アンジェロさんも……言ってましたが」

「ああ、楽師たちの記憶を消せばいいだけだ」

記憶を消す……。

さらりとさも当然に、簡単にできると言わんばかりのその言葉に、本当にこのひとは人間ではないのだと改めて実感する。

人間の言葉を話す猫がいる時点で当然といえば当然ではあるが。

「だから他の娘たちのように舞踏会をひらけばいい。これまできた娘たちは、とても楽しそうに踊っていた」

「舞踏会……？　ですが……踊るなんて」

「どうだろう、楽師たちには別室で音楽を演奏させ、私と踊るのは？」

「……ダンスを……なさりたいのですか？」

意外な気がして思わず問いかけた。

蒼の王は、ああ、とうなずくと、向かいの席から、手袋に包まれた手をさしだしてきた。美しい青い目を細めてじっと見つめてくる。

まるで祈るような眼差しだ。リアンは息を止めてじっと彼を見つめかえした。

「やってみたい。一度もしたことがないんだ。あれは、人と人とが親しくなるのにとても有意義なことだと聞いたが」

「そう……ですけど」

「貴族たちは、社交界でオペラ鑑賞や舞踏会、あとは狩りや競馬を楽しむと聞いている。それでいいのだな？」

「え、ええ、社交界はそのような感じです」

舞踏会やオペラ鑑賞。男女が手を取ってダンスをして、少しずつ親しくなる。それは貴族の子弟たちの交流の場でもあるのだが。

「なら、やはり舞踏会がいいだろう。これまでは別室から彼女たちの様子を眺めるだけだったが……私もきみの世界に歩みよることにした。きみの国のダンスを教えてくれるか」

蒼の王がふわりと微笑する。なんて綺麗で優しげな笑みだろう。

どうしよう、せっかく歩みよってきてくれているのに。

ダンス……。それができたらどんなに楽しいだろうか。このひとと手と手をとって踊りながら親しくなっていく。

「はい、喜んで」とその手をとれば、世界が変わりそうな気がする。きらきらとした光にあふれた優しいものに。

——だけど……ぼくは。

リアンは膝の上でぎゅっと手をにぎりしめた。踊ることも剣の稽古をすることも走ることも馬に乗ることもできない。歩くのさえやっとだ。

「……ごめんなさい……できません」

震える声で呟き、リアンはうつむいた。

「私と踊りたくないのなら、それはそれでいい。なら、楽師だけでも」

「いいです、楽師……呼ばなくていいです」

「リアン……」

「すみません、わざわざここに呼んで、そのあと、彼らの記憶を消してしまうなんて……ぼくのために……そんな大がかりなことをしていただかなくても……あ、いえ、すみません、それ以前に、ぼく自身、ダンスは……」

踊れないのです、足が悪くて。

あなたと踊りたくないのではなくて……と言葉を続けようとしたが、ダンスも踊れない者を寄こされたとして蒼の王ががっかりしないか、あるいは追い返されるかもしれないなどと考えていると言葉が出てこない。

すると、がたんっと蒼の王が立ちあがる音が響き、リアンはハッと言葉を呑みこんだ。

「きみは、どんなふうにしてこれまで暮らしてきたんだ？」

「……それは……っ」

言えない。彼は貴族の子弟を望んでいるのに……。言い淀《よど》んでいるリアンに、蒼の王は困ったように苦笑した。

「言えないのか」

「あの……すみません、ご気分を害するようなことばかり……」

「謝るな」

「ですが……本当に申しわけなく思っていて……」

彼を怒らせてはいけない。送りかえされたとしても行き場がないというのもあるけれど、ここでの役目をまっとうしたいのだ。

もし自分に「真珠姫」がつとまらなかったときは、ダンテがここにくることになるのだろうか。いや、それはないだろう。父もアニータもそんなことは絶対にさせないはずだし、なによりリアンは、このひとに嫌われたくなかった。

昨夜、あまりに優しくて驚いた。この静かでおだやかな環境も好きだ。ここで暮らしたい、本島に帰りたくない。そう思うのは自分勝手なのだ。リアンの事情など彼には関係ないのだから。

「本当にすみませんでした」

どうしていいかわからなくて謝ることしかできない。

「謝らなくていいと言っただろう。謝ればいいと思っているのか」

少しあきれているような、うんざりしているような声に聞こえた。

「すみません……あ、いえ……申しわけありま……」

しまったと思ったが、もう口にしていた。

「きみは……私に心をひらこうとする気がない……ということか」
「いえ、そうじゃなくて……すみません」

また口にしていた。彼がさらにあきれたように息をつく。

「もういい。きみはまだここでの暮らしに慣れていないのだろう。ゆっくり休めばいいし、したいことがあればなんでも好きにすればいい」

「……」

はい、すみません、と言いかけ、リアンは口をつぐんだ。

完全に失望されている気がする。

ギクシャクとした空気が流れている。会話が続かない。

だけどどんな会話をすればいいのか。

心をひらくとはどういうことなのか。こういうとき、どういったことを口にすればいいのかがわからないのだ。

彼はさっきから「高位の貴族の子弟」だと思ってリアンに話しかけている。社交界の一員だと思って。けれどそれはリアンの単なる肩書きでしかない。

舞踏会だけではない、オペラの鑑賞や狩りや乗馬……。そんな場所に出席したことは一度もない。リアンがしてきたのは掃除、裁縫。学校も行っていないし、家庭教師もいなかったので、簡単な文字しか読めない。

——せっかくダンスに誘ってくれたのに……。

お菓子をいらないと言われたときは、自分が恥ずかしくて情けなくてどうしようもなかった。

そんなつまらない真似《まね》をしたリアンに、それでも彼は少しでもうちとけようとして、ダンスに誘ってくれたのに。

自分は本当になにひとつ応《こた》えられない。打ちのめされた気分だった。

「では、私はこれで失礼する。おやすみ」

感情のない言葉に感じられる。彼はがっかりしたのだ。リアンが貴族の子弟らしくないから。

「はい、おやすみなさいませ」

「ああ」

彼が去っていく。昨日のような優しさはない。やはり見込み違いだと失望したのかもしれない。愛せるような相手ではない、と。

下手に優しくされたりしたから、余計なことをしてしまったのだ。そんなことに慣れていないのに、ついうれしくなって求められてもいないお菓子を作ってしまった。

――バカだ……今までだって誰かに喜ばれたことなんてなかったのに。

リアンは残ったケーキを見ながら、自嘲気味に笑った。

まなじりから、ぽろり……と涙が落ちていく。

昨夜、本当にうれしかったのだ。青白い月光が照らす教会で、このあかぎれだらけの手をとり、手の甲にくちづけしてくれた。

そして「本物だ」と言ってくれた。

――それなのに……失望したような雰囲気だった。

誰からも愛されず、誰からも必要とされないなら、生まれてなんてこなければよかったのに……と思うことが多かった。

たったひとつ、心の支えだったのは、オルフェオだった。

せめて、さよならくらいは言いたかった。見送りもなかったし、手紙もなかった。

彼はリアンを本当に友達と思っていなかったのだ——というのがわかり、胸にぽっかりと穴があいたようだった。だから誇らしかったのだ。

『彼の伴侶——真珠姫として蒼の王のもとに行って欲しい。国家のために』

そう言われたとき、生まれて初めてひとから必要とされた、それが母国を救うことになるなんて、どれほど素晴らしいことだろう、と。

そう思って覚悟を決めてここにきた。

たとえ相手がどんな怖そうな魔物でも、半魚のような人間でも、海の竜でもかまわない、たった十ヶ月だけでも愛されたら幸せだ。そう思ってきたけれど。

どうしてもっとうまくできないのだろう。

自己嫌悪を感じてポロポロと涙が流れ落ちていく。涙が止まらない。その涙を手の甲でぬぐいながら自分に言い聞かせる。

期待したからだ。蒼の王の優しさに期待をしたからだ。「真珠姫」になったら彼から愛されるのではないか、と。

でもあれは絵本のなかでの話だ。自分がここにいるのは義務のため。蒼の王の子孫のため、この命をささげ、ヴェネツィア共和国の海を守るという。

そのとき、ザザ、ザザ、ザザ……と岸壁にあたる波がさっきよりも荒々しくなっていることに気づいた。

「……海が」

窓を開けて海をのぞくと、パッと強い潮風がほおを打つ。

月明かりのもと、波止場につながれた御座船が大きく揺れているのが見える。

岸壁に波がぶつかるたび、白いしぶきが泡のようにはじけては消えていく。そのむこうの海原には、荒々しくうず潮が渦まいている。

いつのまにこんなに荒れてしまったのだろう。

つい今しがたまで波のない静かな海面が広がっていたというのに。

『きみは……私に心をひらこうとする気はない……ということか』

蒼の王の言葉が胸に重く響く。耳にこだまして離れない声がうず潮のようにリアンの身体を深い奈落へと引きずりこんでいくように感じる。

そうじゃないのに。ただ……どうすればいいかわからないだけだ。人とどうやってつながればいいのか。どうやって心と心でふれあえばいいのか。

4　蒼の王の初恋

きらきら、きらきらと目が痛くなるほどの満天の星が煌めくなか、ザザ、ザザ……と夜の海が小さな島の岸壁を叩くような音が響く。

書斎に入って窓辺の椅子に座ると、シグは黒々とした夜の海原の向こうにうっすらと見えるヴェネツィア本島の明かりをぼんやりと見つめた。

さっきのリアンとの会話が耳から離れない。


『すみません……あ、いえ……申しわけありま……』

『……本当に申しわけなく思っていて……』

『申しわけありませんでした』

『あの……すみません、ご気分を害するようなことばかり……』

『ごめんなさい』


なぜ、彼はあんなにも簡単に謝るのだ。あれでは会話が続かない。

――やはり……私に問題があるのか。私が……人間ではないから。人間の社会というものをよく知らないせいか。

シグは息をつき、書棚の本に手を伸ばした。

古今東西のありとあらゆる書籍を集め、夜になると、一晩中、本を読むようにしてきた。

シェイクスピアもミルトンも『デカメロン』も『アーサー王物語』も『ニーベルンゲンの歌』も『ベーオウルフ』も『カンタベリー物語』も『ドンキホーテ』も『ユートピア』も全部読破した。

人間たちがどのように暮らしているか知りたかった。自分も母親は人間だ。だから、人間のようになりたい。人間と同じように恋もしているのだから。

「……やはり書籍の知識だけでは無理なのか」

シグは書棚からシェイクスピアの戯曲をとりだした。
ヴェネツィアが舞台になった作品はいくつもあるが、この『オセロ』の恋愛がとても気になってい
た。異質な人間ゆえの劣等感によって己に自信が持てず、妻の愛を信じられずに殺してしまうオセロ
という男の姿が何となく理解できるのだ。
シグ自身も人間ではないから、彼の異質な者ゆえの劣等感が同じように思えるのだ。
――でもその前に、私は……リアンから愛されてもいないのだが。それどころかまったく心をひら
かれていない。怖がられているとしか思えない。
シグがなにか話しかけようとするたび、びくびくとして、困ったような顔をする。
そして二言目には「すみません」「ごめんなさい」「申しわけありません」としか口にしない。
彼が謝れば謝るほど、シグは自己嫌悪を感じた。
おそらく彼はこちらを怒らせまいと必死になっているのだ。それは人間ではない魔性の生き物とい
われているシグを恐れているからだろう。
それ以外、考えられない。
このままそんな彼をここに置いていいのだろうか。海の守り人である「蒼の王」――その子孫の作
り方を伝えていいものか。
六十年に一度、「伴侶」にできる人間と婚姻を重ね、子孫の命をつないできたので、今では外見も
完全な人間と同じようになった。
けれど、それでも人間とは異質な生き物だ。
太陽が顔を出しているとき、地上に出ると、数時間もしないうちに息ができない苦しさに襲われ、

肉体が蒸発を始める。

そして海の底で「蒼の王」と「真珠姫」とが心から愛しあうと、真珠のなかから新しい「蒼の王」が誕生する。

真珠姫は男でも女でもかまわない。十八歳の清らかな魂の持ち主であれば……。

――愛しあう……か。それができなければ……新しい命は誕生しない。

シグは憂鬱な面持ちで『オセロ』のページをぱらぱらとめくった。

――やはり……私は嫌われているのだろう。人間ではないから……。

海の孤城と呼ばれるこの小さな島の周囲の海にはいくつもの大きなうず潮がつらなり、船が海の底へと引きずり込まれることが多い。

朝と夕刻――干潮から満潮に、満潮から干潮になるそのほんの小半時の間だけ、海はシンと静まりかえる。そのとき、船を渡らせることができるのだ。その神秘性によって、いにしえより海の神の住む聖域として人々は畏敬《いけい》の念を抱いてきた。

「ひとりぼっちでここにこられてとても心細いと思います。ですからいろいろとシグさまから歩み寄られたほうが良いかと」

「わかっている」

だからいろんなことを提案してみた。

乗馬、剣の稽古、チェス、ダーツ、カードゲーム、ビリヤード、テニス……すべて断られた。もしかすると、彼はもっと優雅なことが好きなのかもしれないと思い、楽師を呼んで舞踏会をひらいてダンスを踊ろうと誘った。

だが、これも断られた。

しかも手を差し伸べたシグに今にも泣きそうな眼差しをむけ、蒼白になって顔を引きつらせていた。

そして手を取ることすらしようとしなかった。

「楽師を呼んで舞踏会をひらいてはどうかと言ったのだが、激しく拒否された」

ダンスは向かいあい、抱きあうような形で身体を密着させる。おそらく人間ではないシグのような相手とダンスを踊ることが嫌だったのだろう。

なにもかも拒否されてしまった。「ごめんなさい」「すみません」と口走って、おびえたような顔をして。

「ダンスだなんて……どうしてそんなバカことをおっしゃるのですか」

「バカだと？」

ええ、とアンジェロが大きくうなずく。

海の猫族は、陸の猫たち同様に、いかにも猫らしい性格をしている。要するに、シグがたとえ海の王国の王であったとしても、決して媚《こ》びたりはしないのだ。歯に衣《きぬ》着せぬ言い方で、ズバズバと本当のことを口にしてくれる。だから好きだ。

「シグさま……陸では自由に動けないのに、ダンスだなんて」

「……」

そうだ、半分、海の生物の血をひくシグは陸上では人間のように走ったり馬に乗ったりすることができない。

だからこそ試しに踊ってみたかったのだ。リアンにリードしてもらって。

「見た目は人間と変わらないのに」

と言いながら、シグはハッとした。

「もしかして……私の外見は……どこか変だろうか」

「え……」

「リアンは……すごく怖がっていた。私は会った人間が無条件に怖がるような容姿をしているのか？　それともどうしようもないほど醜いのか？」

「怖い……という感じはしませんし、醜くもありませんが」

「だが、私がなにか言うたび、おびえていたぞ」

「ご心配なら、素手で彼に触れられたらいいではないですか。皮膚に触れると、相手の感情がわかるのでしょう？」

「たしかに。だが……はっきりと嫌われていたらどうする。知る勇気がない」

「昨日は友好的だったのでしょう？」

「昨夜は、仮面をつけていた。それに聖堂のなかも暗かった。だから大丈夫だった気がする」

やれやれとアンジェロは肩で息をついた。

「あの……私の感覚では、シグさまは人間社会ではとても美しい部類に入られると思いますよ。むしろ他人の心を奪うような……」

「褒めすぎだ」

「いえ、本当のことです」

そうなのだろうか。本当かどうかわからないが、母は人間社会のなかではとりわけ美しかったと聞く。だが人間社会の美の基準というものがシグにはよくわからない。そもそも周りにいるのは、水棲動物か、猫族、ウサギ族、犬族だけだ。あとは鳥くらいか……。

海底には、古代ギリシャやローマ帝国時代に造られたギリシャの神々の彫像が何体も沈んでいるが、彼らのなかでも遠い先祖のポセイドンではなく、アポロンに一番似ていると思う。アポロンは人間たちから愛されているはずだが。

「それではシグさまにとってリアンさまのお姿はどう見えますか？」

「どう？」

「気に入られているのでしょう？」

「ああ。彼以外は嫌だ。前から言ってるだろう、彼が好きだからこそ真珠姫にしたくなかった。だが、かといってそれ以外の相手は……無理だった」

最初は誰でもいいと思っていた。

元首がよこしてくれる相手で、一年間、ここで快く「真珠姫」の役割をつとめてくれるのなら。男でも女でも。

そうして「真珠姫」から人間としてのあり方を教わりたいと思っていた。けれどその誰もがここでの生活を嫌悪していた。

ここでの暮らしに耐えきれずたった一夜で気鬱になる者もいれば、渡した真珠を一粒も飲まず隠してしまったり、到着するなり元首からの密偵《みってい》としてこの島の詳細を本島に知らせようとしたり……舞踏会に呼んだ楽師と濃密な関係になったり、使用人を寝台に入れようとしたり……と、誰ひとり、三日と持たなかった。

だから思い切って条件を出してみた、ただ一人、大好きな相手を――。

「彼と親しくするにはどうしたらいいのか……私は……本当になにもわからないんだ」

シグの言葉にやれやれと再びアンジェロが苦笑いする。

「蒼の王ともあろうお方が。わかっているのですか、海の神ですよ、あなたさまは。本当にあなたさまは……これまでにない、お優しくて慈しみ深い海の守り人であられますね」

「そう……なのか？」

これまでの王のことはよく知らない。蒼の王は親に育てられるのではなく、父親、祖父、曾祖父《そうそふ》、その先祖……と、代々からの必要な部分の記憶のみ継承される。それゆえ、父や祖父がどのような性格をしていたのかまではよくわからない。

「シグさまが蒼の王になられてから、ずっと地中海はおだやかです。凶悪な海賊もいないし、船が難破することもなく、うず潮に巻きこんで、船をもてあそんだりすることもない。氷山でおどすこともしないし、鮫《さめ》たちをあおることもない。常々、海の生物たちが感心したように語っています。他の海の神たちともずいぶん異質だと」

それはシグもよく耳にすることだ。

この世界には七つの海があるといわれている。蒼の王シグは、地中海の守り人であり、あとは大西洋、カリブ海、メキシコ湾、太平洋、インド洋、北極海とのことだが、地中海から出たことがないのでくわしくはわからない。

「だが、私だって嵐を起こしてしまうことくらいある」

「そうですね。最近、ずっと天候が悪かったのは、真珠姫との婚姻のことで、お心が不安定だったからなだけで……満を辞してリアンさまがここにいらしてからは、このあたりの海は本当に静かになりました。それはあなたさまのお心が安定しているからですよね」

「ああ」

そうだ、リアン以外の真珠姫は嫌だという無意識の気持ちが現れたのか、シグの心を表す鏡のように今年に入ってから海がずっと荒れていた。

ヴェネツィアの人々には本当にすまないことをした。

己の心が不安定だったせいで天候が乱れてしまい、飢饉《ききん》、疫病、治安の悪化に人々が苦しんでいたと聞いた。元首からは、どうか海を鎮めてほしいと文書が何度も届けられたが、これはかりは自分でもどうしようもない。シグの意思でどうかなるものではなく、こちらの心の状態と比例してしまうのだ。

「では……私はこのままの自分で大丈夫なのか？」

「もちろんです」

くすっと笑うアンジェロに、シグは疑うような目を向けた。

「だが……ダンスは嫌がられたぞ」

「……リアンさまは女性ではないですからね。これまでの娘たちと違うことがお好きなのかもしれません。どちらかといえば掃除や料理が好きそうですよ」

「それは召し使いの仕事ではないか。リアンは伯爵家の長男だぞ」

「でもとても貴族の子弟には見えませんよ」

「そうなのか？」

「はい」

アンジェロはコクリとうなずいた。

「ではなにをして喜ばせればいいのだ。なにがしたいと訊いても、おびえたような顔をするだけでなにも言ってくれないんだぞ」

この世に誕生してから今日まで、シグはまともに人間と交流を持ったことがない。海の生物の世界では王として君臨しているが、人間相手にどうすればいいのかわからないのだ。

「そうですね、ではとりあえず読書にでも誘ったらどうですか」

「読書？」

「彼の好きなことがわからないなら、シグさまのお好きなことに誘って、人間社会のことをいろいろとご質問なさるのもいいかと」

「それで彼が喜んでくれると思うか？」

さあ、とアンジェロは腕を組み、首をかしげた。

「どうでしょう。でもできないことを誘うよりも得意なことをされたほうがご自身も楽しいですし、同じものを楽しめないようなら、リアンさまとは相性が悪いということで、本島にお返しになられたほうがよいかと」

そうか、恋愛小説でもそうだ。どんなに片方が好きでも、相性が悪いと結局はうまくいかない。

「そうだな……性格が合わなかった場合は、リアンにとってとても不幸だ」

「あなたさまは……」

くすっとアンジェロが笑う。

「え……」

「本気でリアンさまが愛しくて仕方ないんですね」

「そうだ」

「なら、正直にお伝えすれば？」

「伝えて、ぼくは好きじゃないと言われたら、海が爆発したように荒れてしまうぞ」

「……それは大問題です」

「ああ、本当に海の神というのは厄介だ。私の精神状態がそのまま海の天候に直結しているのだからな。私が幸せだと海も幸せな状態になり、私が辛いと海も辛い」

「では、あなたさまが蒸発したら……」

「海も……終わりだ」

実際は違うがそう言うと、アンジェロはおしだまった。そしてしばらくして、ふと思いついたように言う。

「どうでしょう。そのうちあなたさまの大切な場所へもご案内されては？」

「ああ、彼が望めば……」

「彼は猫が大好きだと言ってました。猫だけでなく、ウサギもイルカも。だからきっと好きになってくれますよ」

それならうれしいのだが。

「そもそも元々が異質な存在ですからね、人間と海の神が一日で急に仲良くなったりはしませんよ」

クールなアンジェロの言葉に、それもあるだろうと納得しながらも、淋しい者同士、すぐに打ち解けることができた六年前を思いだし、シグは言い返した。

「だが、昔は笑顔で接してくれたぞ」

「それは子供だったから。大人になるとそんなに簡単にはいきませんよ。ましてや友達になるのではなく、婚姻なのですから」

「そうだ、だからお試し期間をもうけたんだ」

まずは友達から始めようと思ったのだ。だが友達にすらなかなかなれない自分が歯がゆい。

「シグさま、考えすぎですよ。リアンさまはあなたを嫌っているようには見えませんよ。親しくなりたくてお菓子も作られたわけですから」

「だが、食べられなかった」

「そうですね、結果的に傷つけてしまいましたね。あのお菓子は我々でおいしくいただきましたが」

「アンジェロ。どうして彼を止めなかったんだ？」

「誰のために作るものか、おっしゃらなかったので。そんなことを気にされるより、あなたはもっとご自身に自信を持って行動されては？　神であり、王でもあるのですよ」

そう言われてもむずかしい。なにをすればいいのか。

――だが……もう時間がない。一年以内に次の王の命をこの世に誕生させなければ……六十年ごとの契約が更新できなくなる。蒼の王の成人と同時に子孫を誕生させる代わりに海を守る契約……。

一カ月後に果たして彼が心から自分を愛し、真の魂の伴侶となってくれるかどうか。

それは遠い昔の人間たちとの約束だ。
彼らが「聖書」と親しんでいる書物のなかの「ヨハネ黙示録」には「天国の門は真珠でできている」

と記されている。

真珠は泥にあっても変わらない。むしろ汚れれば汚れるほど、傷つけば傷つくほどその美しさが増すと言われている。

真珠貝は体内に入った異物を自らの真珠質で包みこむ。それが幾層にも重なれば重なるほど深みのある美しい光沢がきわ立っていくのだ。

異物を呑み、傷つきながらも、穢れながらも、愛によって育《はぐく》むことができた命だけが天国の門の真珠のような存在――つまり、この海と共鳴することのできる「蒼の王」となれるのだ。

その共鳴が海の運命を左右する。

そしてこの海を守ってもらう代わりに、人間たちは「蒼の王」の伴侶となる「真珠姫」を送ってよこす、と。

なぜ「姫」なのかは、シグにもよくわからない。

王子でもよかったのにと思いながらも、その名にふさわしく「真珠姫」は穢れのない人間でなければならない。

自分の内側に、代々受け継がれてきた「蒼の王」としてのそうした記憶が一気に刻まれる。

経験もしていないし、見たこともないのに、これまで先祖たちがどうやって命をつないできたのかがわかったのだ。

代々、海の泡から誕生した小さな命が真珠貝のなかでゆっくりと育ち、珊瑚から栄養をうけつぐ。

その間に、古代からの記憶を思い出すのだ。

『蒼の王は、決して人間社会に触れてはならない。人間社会を滅ぼす力がある。人間によって心乱されてもいけない。穢れに触れれば海が穢れる。蒼の王の心はそのまま海の姿となるからだ。海を穢した蒼の王は、その場で命を喪うだろう。蒼の王は海の平和を守り、代わりにヴェネツィア共和国は、蒼の王のため、六十年に一度、真珠姫をささげる』

遠い遠い昔、一千年以上も前に、遠い先祖がヴェネツィアの元首と交わした約束だ。

その前の時代はただほしいままに蒼の王が人間を犯していたという。

――リアン……だめだな、きみを想うとどうしようもなく海が荒れてしまう。

今日の海もそうだ。

シグの心と呼応するように波が荒れている。霧もかかっている。

ラグーナの水は、もう間もなく夏だというのに濁っている。この荒々しい海流のせいだ。

この島の周りに広がる海の底には巨大な断崖《だんがい》のような一画がある。

そこは海の墓場とでもいうのか、海洋貿易などの船が沈んでいるが、かつてスペインに加勢し、オスマントルコとのレパントの海戦にむかったヴェネツィア海軍の船や、それよりもさらに古い十字軍の船、あるいは聖騎士団の船なども見かける。海の底にむかって沈みこむ海流があり、その海底に宝石や銀貨も溜まっているのだ。

いつのまにか霧雨がやみ、地中海の西の空に月がのぼっていた。むこうのほうに、停泊している船のあかりがぼんやりと揺れている。

ああいう船を見ると、今もあざやかに思い出す。

あのカーニヴァルの夜……。

——あれは私の成人の日だった。

海の王国は、陸上で暮らす人間たちとは時間の流れが違う。三倍遅いのだ。真珠に育まれた「蒼の王」は、人間の約三倍ほどの時間をかけて成長する。

ちょうど六年前、十八をむかえ、成人したシグは、夜の間だけ陸上でも過ごせるようになり、生まれて初めてカーニヴァルに参加したのだ。

太陽に照らされていなくても、長時間、海水から離れていると干からびてしまうが、海の上に建てられたヴェネツィアの街はどこでも海水に触れることができ、一晩過ごしたとしても何の問題もない。

それにカーニヴァル中は、ほとんどのヴェネツィア人が仮面をつけ、仮装しているので、シグがまぎれこんだとしてもわかる者はいない。

『蒼の王は、決して人間社会と触れてはならない』

そう約束した以上、彼らの生活をおびやかしてはならないのだ。

尤もシグは白珊瑚を持っていなくても直前の人の記憶を消すことができるので、ヴェネツィア本島に行ったとしてもわからないようにすることは可能だが。

——一度でいいから、人間社会に入ってみたかった。書物だけでなく、知識だけでなく、ひとりぼっちではない場所に行ってみたかったのだ。

だが陸上ではなかなか自由に動けず、さらにはカーニヴァルの人の多さに圧倒され、小さな運河にかかった橋のたもとに座りこむしかなかった。

そのとき、声をかけてくれたのがまだ少年のリアンだった。

「大丈夫ですか？」

大きな目が印象的なあどけない顔の少年。彼はカーニヴァルだというのに仮面をつけず仮装もせず、大きなカゴにたくさんのお菓子を入れて修道院にむかう途中だった。

「大丈夫だ」

シグは淡く微笑して立ちあがった。

「これ、よかったら」

渡されたのは、ロクムという砂糖菓子とプディングだった。食べると口のなかから幸せが広がるような甘い味にシグは元気をもらった気がした。

だが、それがダメだった。

人間が作ったものはシグにとって異物となり、激しい拒否反応をおぼえたのだ。それが原因で翌日から海が荒れてしまった。

——あんなにおいしいと感じたものは初めてだったのに。

大きく海は荒れ、ヴェネツィアの街は高潮と高波に包まれ、カーニヴァルどころではなくなった。何艘もの船が次々と転覆し、大勢の人間が海に呑みこまれていった。

その光景がシグにはショックだった。

私は所詮《しょせん》人間とは触れあえない。そんな絶望が胸を襲い、激しい哀しみに包まれていく。その感情こそが海を荒れさせる原因だとわかっていても、自分自身を制御できない。

これが先祖から伝わってきたことか、海と自分の心とが一体だと。どうしたらいいのか——と思ったそのとき、大きく破損した御座船が転覆するのが見えた。

「……っ！」

そこから投げ出された人間のなかに、リアンがいた。ふだんはじかに触れないかぎり人間の感情は聞こえてこないのだが、なぜか彼の声だけ聞こえてきた。彼の魂が海にとけようとしていたせいかもしれない。

もう生きていたくない――という声が。

気がつけば、シグは彼のところにむかっていた。

海のなかは誰よりも自由に動くことができる。体調は良くなかったが、彼を助けたいという気持ちが勝っていた。

どれほど暗くとも視界は、はるか何マイルも先まで見える。冬の冷たさも気にならない。

シグの体調にシンクロするように海原は激しく荒れ、天には稲妻が走っている。

カッと雷光が閃《ひらめ》き、間髪おかず強烈な紫電がリアンの身体を貫いたのもはっきりと見えた。

「……っ！」

シグは火傷と負傷で瀕死のリアンの身体に手を伸ばした。うず潮に巻きこまれていくリアンを抱きしめる。

生きている。今にも死にそうだが、まだ生きている。だが、このままだとすぐに命の火が消えてしまうだろう。

激しく海が荒れている。雷が海を引き裂いていき、さらに渦を巻いていく。こんな荒々しい波は初めてだ。

「……」

唇に息を吹きこむと、彼がうっすらと目を開けた。

「大丈夫、助ける」

「……いい……生きていたくないから」

「どうして」

彼の心がなだれこんできた。

触れていると、相手の感情がわかる。

すさまじく痛い感情だった。猛烈な孤独感、それに哀しみ、苦しみ。こちらの内側も痛くなりそうほどだった。

——この感情……わからないものもあるが、わかるものもある。

痛みや苦しさというものはよく知らない。けれどさみしさ、孤独感という感情には覚えがあった。

生まれたときからずっとシグがかかえていた感情だった。

リアンの腕を自分の肩にかけ、いつも暮らしている海の孤城に連れていこうとした。

シグは必死に海のなかを泳いでいった。

なみうちぎわから陸上にあげたのだが、リアンはすでに呼吸をしていなかった。

身体も凍りついたように冷たい。

あちこちに火傷《やけど》、それから足にも大怪我を負っていた。助けようとしたとき、シグも同じように腹部に怪我をしてしまったが、肉体の痛みや身体の不調よりも、ただただリアンを助けたいという気持ちが勝っていた。

まだはっきりと手首に彼の手の感触が残っている。生命があったことの証明……。

シグは彼に顔を近づけていった。

「ん……んっ」

生きることを望んでいない。そんな相手を助けても仕方ない。

助けられるだろうか。

「しっかりしろ、こんなところで死ぬな」

息を吸って、その唇に息を吹きこむ。

落雷のときに、割れた船の破片が刺さった腿《もも》から血があふれている。

シグはじっとその身を抱きしめた。

「さみしいのか。私もさみしい。……だから友達になってくれないか」

祈るような声が届いたのか、ゴボっと彼が海水をはきだし、激しく咳《せき》こみ始めた。

大丈夫だ、これで助かる。もう大丈夫。ほっとしたシグだったが、しばらくして、彼がかすれた声で言った。

「生きていたく……ない」

シグは目をみはった。どうしてそんなことを。

「ひとりぼっちは……やだ……消えたい」

朦朧《もうろう》としながらも必死にしがみついてくる彼の爪がシグの腕に喰《く》いこむ。その痛みのむこうから、彼の感情がシグの内側に入りこみ、渦巻いていく。

ひとり、そう、彼もひとり。このまま海に消えたほうが彼にとって幸せなのだろうか。

「お願い……このまま……もう……」

どうしてそんなにさみしいのか——その理由まではわからないけれど、ひとりきりのさみしさが痛いほどわかり、眸に涙が溜まってきた。ひとしずく、ぽろりと流れた涙がほおを伝ってリアンのほおへとしたたり落ちていく。

「それなら……その命、私にくれないか」

「……っ」

きみの孤独ごと愛したい、愛させてほしい。

そうすれば、ひとりぼっちからふたりぼっちになる。それだけでも生きる支えにならないだろうか。彼にとっても、シグ自身にとっても。

「すぐには無理だが……六年後、きみがまだ孤独なら迎えにいく。そして家族になってくれ。いつかまた私にあれを食べさせてほしい。きみの作ったプディングが大好きだ。ロクムも好きだ。あんなに幸せな味はなかった。だから……」

祈るように告げると、リアンはうっすらと目を開けた。

「もしかして……あなたは……さっきの？」

シグはうなずき、微笑した。

「家族になって欲しい」

「家族になってくれるの？」

「なっていいか？」

「愛して……くれるの？」

「たくさん愛したい。きみのさみしさごと愛したい。愛をささげられる相手が欲しい。きみがなってくれるなら……とてもうれしい」

「あなたは……ぼくを愛してくれるの？」

「……愛していいか？　だから生きてくれるか？」

問いかけると、彼は睫毛《まつげ》をふるわせ、大粒の涙を流した。

「生きる……あなたのために……」

あふれそうな狂おしさに胸が甘く疼《うず》いた。

「そう、約束だ、家族になろう。だから生きてくれ」

彼の全身の傷痕《きずあと》に手を当てながら、そっとその唇にくちづけする。少しずつ少しずつ彼の肉体が元にもどっていく。火傷を負っていた皮膚がゆっくりではあったが、透明感のある綺麗な肌をとりもどす。あちこちの傷口に手を当てて癒《いや》すように、彼の身体に命の灯火《ともしび》を流しこんでいった。

それは今まで感じたことのない、爆発しそうなほどの切なさだった。

彼に触れたい。彼を守りたい。彼に生きて欲しい。そんな感情は書籍のなかだけのものだと思っていたのに。

それから彼の高熱が下がるまでの一昼夜、シグは海の孤城で彼の介護をした。

「そうだ、これをきみに贈ろう」

シグは「蒼の王と真珠姫のお伽話」という手のひらの大きさくらいの小さな本をリアンにプレゼントした。

水に濡れても大丈夫なよう、加工した古い本だった。初代の蒼の王と真珠姫の愛の物語を描いたものだった。

愛しいきみへ――と、水に濡れても消えないよう、そこに文字を刻んだ。

「素敵な本……うれしい」

まだ意識が混濁したままだったが、リアンはようやく微笑するようになり、幸せそうにその本を抱きしめた。

「この本が目印だ。きみはここでのことを忘れる。私のことを」

「どうして？」

「仕方ないんだ、元首と蒼の王との約束だから」

別れるのは切ない。忘れられてしまうのだと思うと胸が軋《きし》んだ。だが、未来のため。いつか彼をここに迎える。そう決意し、シグは白珊瑚のかけらを口にふくむと、そっとリアンにくちづけし、彼の喉の奥にそれを流しこんだ。

「このままじっとまぶたを閉じて眠るんだ。次に目が覚めたとき、きみは私とのことを忘れている。記憶が消えるんだ。でも私は愛し続けるから」

そして待っている、きみが大人になるのを。

ずっと一緒にいよう、ひとりぼっちにはさせない、いつか家族になってくれ。ふたりの間に新しい命が誕生するまでの間、ずっと一緒に。


その後、シグが愛を知ったことで海は信じられないほど静かになった。

リアンが生死のきわを抜けたのを確認し、シグは、彼はヴェネツィア島の沖にあるリド島の砂浜に届けることにした。ちょうど元首たちが嵐の遭難者の救護に当たっているのを知っていたからだ。

記憶を失っても、童話の本だけはなくならないよう、彼の胸にしまって。

だが、海から現れた不審な人物を見て、元首は敵国のスパイと勘違いし、警備兵たちにシグを捕らえるよう命じた。

とっさにリアンを砂の上に残してシグはその場から身を隠した。そのとき、浜辺にいた元首の息子がリアンに気づき、近づいてきた。

「父上、行方不明のリアンがここに。伯爵家の長男のリアンですっ！」

「オルフェオ、すぐに保護を。大貴族の息子だ、丁重に」

「は、はい」

「彼の父親に連絡を。十人委員会のメンバーだ」

彼らの会話から、シグは自分が助けた少年が何者なのか知った。

伯爵家の長男のリアン……。大貴族で、父親は十人委員会の一員。そんな高位の貴族の息子がどうしてあれほど孤独なのか。人間社会のくわしいことはわからないが、金持ちであっても幸せだとは限らないことはいろんな文献から学んでいた。

その後、そっとアンジェロを病院に忍びこませ、リアンがどうなったのか調べようとした。

だが、リアンはすぐに退院し、伯爵家に連れて行かれたので、くわしいことまではわからなかった。

病院の職員たちの話では、リアンは自分を助けたのがオルフェオだと勘違いし、彼を慕うようになり、ふたりは友達になったということだけ伝え聞いた。

――友達ができたのか。それなら……それでよかったと思おう。

彼に友人ができ、もう孤独でないのなら、それが一番だ。リアンが死にたいと思うほど孤独なら、真珠姫になって欲しいと思ったが。


あれから何年が過ぎたのか。それから一度も本島には行っていない。

万が一、また自分の気持ちや体調が大きく乱れ、人間社会に影響を与えるようなことがあってはいけないからだ。

――私は……この海の……囚人のようなものだ。

海を守るために生まれ、海を守り続け、次に海を守る命を誕生させるだけの存在。蒼の王などと呼ばれ、畏怖《いふ》されているものの、何の自由もない。

そして、今年がきた。

六十年に一度の、新しい「蒼の王」誕生のため、真珠姫と婚姻するとき。

相手は誰でもよかった。リアンをリクエストするのは簡単だった。昔の約束を彼がおぼえていなくても。だが、もし彼がオルフェオによって孤独から救われたのなら、真珠姫にするのは残酷に感じられ、シグはあえて誰でもいいと伝えた。

しかし最初の真珠姫候補がやってきたとき、無意識のうちに心が拒否してしまったのか、うず潮が大きくなり、彼女の船は「海の孤城」にたどりつくことはなかった。

その後も似たり寄ったりで、島に上陸できたとしても、シグの心と呼応するように海は乱れ続けた。

誰も愛せない。心が静かにならない。

己の意思ではままならない。シグの心の状態がそのまま嵐となって海を大きく荒れさせた。

さすがにこのままではいけないと思い、シグは今年十八になる高位の貴族の子弟がいい、というリクエストを出した。

リアンしかいないことを知った上で――。

5　真珠姫の婚礼

「……っ」

今日も海が波打っている。自分の心が乱れているせいだろう。

シグは深い息をついた。

リアンがここにきて半月が過ぎようとしたが、まだギクシャクしたままの状態が続いている。

夜、厨房にいるリアンの様子をこっそり確かめにいくのがこのところの日課になっていた。アンジェロに気づかれ、あきれられながらもやめられないのだ。

――今夜も甘い香りがしている。リアンのお菓子……か。

カーニヴァルのときにもらった砂糖菓子のロクムとプディングが忘れられない。食べられないのが残念でしかたない。

「このロクムというお菓子、とってもおいしいね」

「おいしいね」

オーロとラーメが楽しそうにお菓子を食べている。

リアンが作ったものは、シグには食べられない。地上のものを身体が受け付けられないのだ。

お菓子を作っても結局、リアンと猫たちが食べるだけ。

それでもふたりが喜んでいるのがうれしいらしく、リアンは笑顔でせっせと作っていた。オーロもラーメもリアンが作るお菓子をものすごく喜んでいるようだ。

「ロクムは母の思い出のお菓子なんだ」

リアンはそう説明した。

「このロクムは砂糖と水とデンプンで作るゼリーのようなお菓子で、ドライフルーツやクルミとかのナッツ類を入れ、型に流して冷やして固め、砂糖をまぶしたりして形を整えて切り分ける。生地にフルーツを練りこむととてもいいんだけど、夏の暑い日はミントやローズウォーターのほうがいいかな。モチモチとした食感がとてもおいしいんだ」

リアンはとても楽しそうだ。すっかりうちとけ、笑い声まで聞こえてくるが、そこに入るのはためらわれた。

というのも、一度、シグが入っていったときのリアンの引きつったような顔にいたたまれなさを感じたからだ。完全に怖がられている、と実感した。

「いちご水やレモン水なんかを入れて、いろんな味や香りを楽しみ、口のなかで素朴な味が溶けていくのが素敵なんだよ」

リアンの声を聞いているだけでシグの胸ははずむ。気がつけば、海もおだやかになっていた。

「うん、本当においしいね。リアンのお菓子、大好きだよ」

「大好きだよ」

オーロとラーメはすっかり大親友のようになっている。うらやましいことだ。

「ありがとう」

「リアンのお母さんはオスマントルコの人だっけ？」

「だっけ？」

オーロとラーメが問いかけている。

「そうだよ。スルタンのお姫様だったんだ。といってもたくさんいるうちのひとりで、踊りが得意で、踊り子みたいと言われていたそうだ。和平のため、ヴェネツィアに嫁いできたんだよ」

「踊りが得意なお姫さまだなんて素敵だね」

「素敵だね」

もぐもぐとロクムを食べながらオーロとラーメが楽しそうに笑う。

あの猫たちがうらやましくて仕方ない。ああいうふうに小柄で丸々として、三頭身くらいで、被毛がふさふさで、猫耳と猫髭《ひげ》が生えていて、触ると、もふもふとしているようなタイプのほうがリアンは好きなのだろうか。

その点、自分などは身長も高く、どちらかというと細身で、八頭身か九頭身の間くらいで、毛も頭にしか生えていないし、ヒゲもなく肌もなめらかだ。

アンジェロは美しいと言ってくれるが、リアンは猫たちを相手にしているときのようには笑ってはくれない。いつもおびえたような顔をしている。

「じゃあさ、リアンも踊りは得意？」

「得意？」

「あ、ううん、ぼくは……踊りはちょっと……」

リアンが口ごもる。

踊り……という言葉にどきっとした。そう、踊りを教えて欲しいと頼んだときの、彼の困ったような哀しそうな顔を思い出したからだ。

──私と……踊るのがそんなに嫌なのか……。

いずれにしろ、地上ではシグはうまく歩けない。踊りを教えてもらったとしてもうまくできなかっただろう。だが、一度、やってみたかったのだ。

「ねえねえ、それでリアンのお母さん、どんなひとだったの？」

「だったの？」

「……思い出がないんだ」

「どうしてないの？」

「ないの？」

「うん、早くに亡くなったんだけど、わからないんだ。形見はお菓子と絵本で。この絵本というのが蒼の王と真珠姫の物語だったんだよ」

それは違う、絵本は母親の形見ではない。私がきみに贈ったんだと言いたかったが、記憶を消してしまったのは、他ならぬシグ自身だ。彼が母親の形見だと勘違いしてもしかたない。

「ほとんど記憶がないから。でもだから余計に恋しい。もしかすると身内としての愛を求めているのかもしれないね」

リアンはシグには話せないようなことも彼らには赤裸々に話している。

「リアンはこれまできたなかで、一番優しいひとだね」

「優しいひとだね」

「そう？」

「シグさまもとても優しいからきっと気が合うと思うよ」

「思うよ」

「シグさまはお優しいの？」

不安そうな問いかけに、シグはギクっとした。シグ自身は優しくしたくてしかたないのだが、彼にとってはどんな優しさがいいのか。

「とってもとってもとっても優しいよ。みんな、シグさまが大好きだよ」

「大好きだよ」

はしゃいだようなオーロとラーメの言葉に、シグはよしよしとうなずいた。

――そうだ、それでいい、もっと誉めてくれ。

そんなことを心でささやくしかできない自分が少し情けない気もするが、オーロとラーメが援護射撃してくれるのはとてもありがたかった。

「みんな大好きって、ここの使用人のひとたち？」

「違うよ、使用人はシグさまに会えないもん」

「会えないもん」

「じゃあ誰が？」

「それは内緒だよ。リアンが真珠を食べ終えたときにわかるよ」

「わかるよ」

「そういえば、そうなれば、ぼくの身体がここに慣れると蒼の王がおっしゃっていた。どうして真珠を飲めば、肉体がここの生活に慣れるのか謎だけど」

「うん……まだ伝えることができないけど……そのとき、謎は簡単にとけるよ」

「簡単にとけるよ」

「そうなんだ、だったらうれしいな。きちんと食べて、早くここでの生活に慣れたいよ」

リアンと猫たちの会話を聞き、シグはこみあげてくる思いに胸が痛くなった。

なぜか目の奥も痛くなる。

一生懸命、彼はここでの生活に慣れようとしてくれている。それがわかってほっとするとともに、その優しさに甘えていいのかどうか——別の不安がシグの胸にこみあげてくる。

真珠姫になって欲しい。愛したい。愛されたい。優しくしたい。ただ、彼に不快な思いだけはさせたくない。

そう、真珠姫になることがリアンにとって本当に幸せなのか——それが知りたかった。


「……シグさま、もう半月以上、過ぎてしまいましたよ。まだ仲良くなれていないのですか」

書斎に入ると、アンジェロがやれやれといった様子で話しかけてきた。

「明日……明日あたり、書斎に誘おうかと思う」

「なら、今日からでも良いのでは？」

「……今日から？」

「そうですよ、もう半月も過ぎたのですから」

勇気を出して、書斎に誘って好きな本の話をする。そうだ、それならリアンも不安に感じたり、恐れたりはしないかもしれない。

「……そうだな、だがもうこんな時間だ」

シグは窓の外に視線を向けた。

ザザ、ザザ……という波の音に混じり、満潮を告げる鐘の音が聞こえてくる。海面が一定の場所までくると鐘が鳴るようになっているのだが、今夜の満潮は午前0時過ぎだ。

「シグさま、シグさま」

「シグさまっ！」

そのとき、オーロとラーメがあわてた様子で書斎に飛びこんできた。バタバタと音を立ててふたりがシグに飛びついてくる。

「大変です、大変です」

「大変です」

「どうした、血相を変えて」

「リアンさまがバルコニーで倒れました」

「倒れました」

「何だって……っ！」

シグは書斎を飛びだし、オーロとラーメに案内されるまま、リアンが倒れたというバルコニーに向かった。

「こっちです、息苦しくて外の空気を吸いたいからと」

「吸いたいからと」

バルコニーに出ると、強い潮風がシグをあおった。

藍色の空に三日月が浮かぶなか、海にせりだすように突きでたバルコニーでリアンがぐったりと倒れていた。苦しそうに手すりの前でうずくまっている。

「……リアンっ！」

大丈夫か、どこか具合でも悪いのか……と問いかけながら床にひざをつき、リアンの背を抱き起こした。

熱い。かなりの高熱だ。それにとても息苦しそうにしている。

「く……っ」

そのとき、ふわっとリアンからたちこめる甘い香りに気づき、シグははっとした。潮の匂いよりも濃い、甘苦しい香り。ふいに己の身体の奥が疼き、せっぱつまった欲望のようなものが燃えあがりそうな気配を感じた。

――何なんだ……これは……まさか。

一瞬、わけがわからなかったが、すぐにその衝動の正体が何なのかわかった。

はっきりと誰かに教えられたわけではない。けれど先祖からこの身に伝えられてきた記憶が、己の身のうちに芽生えた衝動の意味をシグに理解させた。

まずい、これがそうなのか。

浅く息を吸ったあと、シグはふりむいた。そして心配そうに自分たちを案じている三人に、できるだけそれとわからぬよう冷静に言った。

「大丈夫だ、私が何とかする。きみたちはもういいから」

三人はシグに忠実だ。アンジェロもオーロとラーメも素直にその場から去っていく。それを見とどけると、シグはそっとリアンを抱きあげた。唇を噛みしめ、リアンはシグに爪を立ててしがみついてくる。

「ん……っ」

熱っぽい吐息がシグのほおをくすぐる。

真珠の効果が出始めたのだ。一日に三粒。毎食後にリアンはきっちりと真珠を食べている。彼が食べているのはただの真珠ではない。

そのエキスのなかに人間が「蒼の王」の伴侶になって次の王を誕生させるための、変化を起こす成分がふくまれている。

かつての真珠姫たちのなかには、嫁いできた日にそれを一気に摂取したものもいた。

だが、肉体のその急速な変化に心が耐えきれず、死んでしまうこともあるため、少しずつ少しずつ一カ月かけて身体を変えていくようになったのだ。

この熱も香りもそのせいだが、予定よりも早い。

先祖たちはそれを発情期と呼んでいたようだ。

先祖からの記憶によると、真珠姫の肉体が完全に変化してから起こるはずなのに、たった半月でこんなことになってしまうとは想像もしなかった。

生殖の準備が整ったらシグもリアンも互いの性衝動が止まらないというが、完全に肉体が変化してからでなければ――――。

「リアン……部屋へ」

そばにいるだけで身体がどんどん熱くなってくる。リアンも同じだろう。だが、このまま夜のバルコニーに放っておくことはできない。

「すみません……体調がおかしくなって……ん……っ」

必死に熱を抗《あらが》おうとしているリアンにシグも煽られてしまう。近くに真珠姫がいると、蒼の王は、獲物を前にした肉食獣同然になるのだが、今はまだ早い。ここで肉体を結合させてしまうと、まだ完全に変化していない真珠姫の身体に大きな負荷をかけてしまう。

「リアン……少しだけ耐えてくれ」

浅く息を吸い、シグはリアンの寝室にむかった。

生殖のための発情期が始まった真珠姫から漂うフェロモンは異様な甘さで、蒼の王の性衝動を激しくそそってしまうという。古代から受け継がれていた子孫のための儀式。リアンは自分の肉体の変化の意味がわかっていない。説明は、彼の返事のあとでいいと思っていた。

「ん……」

蒼の王だけでなく、真珠姫もまた、相手からのフェロモンの香りに性衝動をあおられてしまうのだと聞いている。

「はあ……あ……」

息を吸うだけで彼はどんどん苦しくなっているのだろう。リアンはシグにしがみつき、肩に爪を立てて懸命に衝動に耐えている。

「きみは……本当に真面目《まじめ》に真珠を飲んでいるようだな」

シグは冷静になろうと、リアンを寝室のベッドに運んだ。そっと横たわらせると、リアンが息を喘《あえ》がせながらうずくまる。

「真珠……のせいですか、これ……」

リアンがシーツに爪を立てて身悶《みもだ》えそうになるのをこらえている。

今、彼は身体が苦しくて苦しくて仕方がないはずだ。なんとかこの熱を冷ましてほしいと望んでいる。死んでしまいそうなほど苦しいはずだ。

「すまない、きみの肉体が少しずつここでの暮らしのために変化しているんだ。私の母も祖母もそうだったようだ」

「なら……しかたないですね。……病気じゃなくて……よかった」

苦しそうにしながらも、リアンは淡くほほえんだ。

その笑みがあまりにも透明で、激しい愛しさがこみあげてくるが、同時に申しわけなさでいたたまれなくなる。

「こんなに早く効果が出るなんて誤算だ。リアン……半月早いが」

私の伴侶になってくれるか……と、喉まで出そうになった言葉をシグは呑みこんだ。

「いや、まだダメだ」

早すぎる。まだ彼の肉体は不完全なはずだ。

最初の約束どおり、彼の気持ちをたしかめてからでなければ。今、肉体の餓えにまかせるままそんなことをする勇気はない。なによりも愛している相手を傷つけたくない。今、抱いてはいけない。

シグは己の欲情を封じようと息を呑み、リアンの部屋を見まわした。

こんなときのため、あれがあったはずだ。オーロとラーメが用意しているはず。寝台の横の戸棚に手を伸ばすと、そこに小さな真鍮《しんちゅう》の小箱が入っていた。

「これを飲み、肉体の熱を鎮めなさい」

そこにあった小さな粒を手にし、まず自身が一粒飲んだあと、シグはリアンにも同じものをさしだした。

「これは……？」

「赤珊瑚をもとにした特別な薬だ。それを飲めば蒼の王も真珠姫もフェロモンに支配されることはなく、理性を保ち続けることができる」

赤珊瑚……地中海でとれる希少な珊瑚だ。ルビーよりもガーネットよりも深みのある赤色をした珊瑚である。

「理性を？　あの……でも」

「きみの肉体の熱は……私を誘ってしまう。そのフェロモンにあおられると、私はきみを抱かずにはいられなくなる」

「え……」

「きみもそうだ。その熱は私と性行為をするか、赤珊瑚の薬を飲むか、どちらかでしか抑制することができない」

「……っ」

目を見ひらき、しばらくじっとシグを見たあと、リアンがとまどった様子で息を呑む。

「性行為って……あの……あ……いえ……」

「まだ婚姻前だ。私も一粒飲んだ。だからきみも」

「は、はい」

うつむき、リアンはほおを赤らめてシグに手を差しだしてきた。

「そうですね……あの……すみません……すぐに……すぐに……飲みます」

その手にひとつ置くと、リアンはあわてた様子でそれを口にふくんだ。そしてそのままベッドに身を沈めた。

――ホッとしたような顔をして。性行為をしなくて済んだことに安心したのか。

シグはリアンにそっとシーツをかける。よほど安堵したのか、リアンは救われたような様子でまぶたを閉じ、眸から涙を流していた。

「しばらくこれを飲んで耐えて欲しい。だが、もしもうこれ以上、ここでの暮らしに耐えられないと思うなら、真珠を呑むのをやめなさい」

「え……」

「そうすれば、きみの肉体の変化はそこで止まる。同じだけの時間をかけて徐々に元の身体にもどるだろう。だが、それを飲み終え、私と婚姻してしまうと、子孫をさずかる肉体に変化する。よくよく考えて決めてくれ」

「……でも……蒼の王と真珠姫との婚姻は、個人の問題ではなく……国家の……」

「ああ、千年以上も続けられてきた、きみの国の行事のひとつだ。だが、人間ひとりの人生を国家の犠牲にしていいのかどうか——私には疑問なんだ。先祖たちは疑いもしなかったようだが、私は同じ気持ちにはなれなくて」

人間との婚姻をくりかえしてきたこともあり、シグはこれまでの蒼の王のなかでも一番人間としての感情が濃いらしい。

「あの……ですが……ぼくは覚悟をしてここに」

「いいんだ、覚悟なんてしなくても……きみが望むようにすれば」

「あなたは……あなたはいいんですか。それで」

問いかけてくるリアンをシグは切ない気持ちで見つめた。真剣な眼差し。彼は己の義務を果たそうと前向きな気持ちでここにきたのだ。

それを嬉《うれ》しいという気持ちと、それをうけいれたくないという気持ちがシグのなかに存在する。

生殖行為に感情は必要ない……と言ったのは誰だったか。思いだせないが、たしかにそうかもしれない、とふと思った。

たった一年の婚姻生活だ。その後、新しい命は、親の命とひきかえに真珠のなかから誕生する。その瞬間、親の魂は海の泡となって消える。

リアンにその残酷な運命をどう伝えればいいのか。

ずっと一緒に居られるわけではない。彼を守れるわけではない。彼を幸せにできるわけではない。

愛しあったとしても短い時間だ。

どうやって、それを——愛しあう前に、その切ない現実を……。

じっと彼の目を見つめているのが苦しくなり、シグはすっと視線をずらした。

「この箱に珊瑚がある。苦しくなったら飲めばいい。熱冷ましのようなものだ。副作用はない。おやすみ、リアン」

シグはリアンの枕元に小箱をおくと、そのまま彼に背をむけた。

†

「おやすみ、リアン」

そう言って去っていく蒼の王の背をリアンは泣きそうな顔で見送った。

そっけない態度だ。蒼の王は決してリアンに心をひらくつもりはないようだ。初日に見せた優しさはかけらも見えない。

『私は同じ気持ちにはなれなくて』

蒼の王のあの言葉に、ああ、やはり彼はこの婚姻を前向きには考えていないのだと思った。

彼から拒否されているような感覚をここにきてからずっと感じている。

別になにかを期待してやってきたわけではないけれど、初めての夜、「本物だ」と言ってくれた彼の優しい笑み、それから「婚約期間をもうけよう」という彼の思いやりにどれほど心があたたまったことか。

だからすぐに心が通いあうだろうと期待してしまった自分が恥ずかしい。でも翌日の食卓で再会してからずっと彼に拒まれている気がしてならないのだ。

もの欲しそうに、愛を必死に求めているリアンの心が蒼の王にはどうにも重く感じられるのかもしれない。

――きっと……ぼくにはそういうところがあるんだろうな。オルフェオからも言われた。救いを求められても困る、と。あのときのことを思いだすと、胸から血が吹きだしそうだ。愛されたいと思えば思うほど誰からも愛されないのはどうしてなのか。

絵本のなかの真珠姫はあんなにも大切に蒼の王から愛されたのに、どうしてそうならないのだろう。

リアンは濡れたほおを手の甲でぬぐった。そのとき、そっと戸を開ける音が聞こえ、リアンは息を止めた。蒼の王が部屋にもどってきたのだ。忘れ物でもしたのだろう。リアンは思わず寝たふりをしてしまった。

「リアン、具合はどうだ？　ここに水を置いておくよ」

枕元に彼が水差しとグラスを置くのがわかった。蒼の王が自らそんなことを……と驚いてしまったため、すぐに「ありがとう」と目を開けて礼を伝えることができなかった。

「寝ているのか……よかった、眠れたということは、赤珊瑚の薬効で熱がおさまったということだな。私もだよ、きみを前にしても、もう襲う心配はない」

彼がほっとしたように呟いているので、よけいに起きることができなくなってしまった。

「ゆっくり休んでくれ」

そう言いながら蒼の王はそのままベッドサイドまでやってきて、リアンが眠っているのかどうかを確かめるように、上から顔をのぞきこんできた。

――どうしよう……。

見られている。じっと見つめられている。

けれど今さら起きていたと伝えていいのかどうか。

それにまた突き放されるようなことを口にされてしまうのを聞く勇気が持てなかった。もうこれ以上、蒼の王と話をするのが怖いのだ。

「まいったな、半月も早く発情のフェロモンが出てしまうなんて。すまなかったね」

え……。

「本当にすまなかった」

彼の手が伸び、髪に触れる。声がとても優しい。初めて会ったときのようだ。ふだんの彼と違って、ものすごくリラックスして話しかけているのがわかる。

――発情のフェロモン？　それって、この身体があなたを誘っているということですよね？

そう尋ねたかったけれど、彼の声が信じられないほどおだやかなのが心地よくてもう少しこの空気感に浸っていたかった。

髪を撫でる手も、ほんの少しほおに触れた指先も、そして彼から感じる空気も何もかもがとても優しくて、この半月の彼からは想像もできない態度だ。

「ゆっくり休んでくれ」

ああ、彼はぼくを嫌っているわけではないのだ。失望しているのでもない。オーロやラーメが言うとおり、とても優しいひとなのだ。

「すまない、リアン」

どうしてさっきから謝り続けるのだろう。

「こんなところで、ひとりぼっちで、さっきみたいな苦しい思いをさせて……本当にもうしわけなくて仕方ないいんだよ」

待って、なぜもうしわけないと思うのですか、どうして――。

そんなことを心の中で問いかけていたが、面と向かって彼に尋ねる勇気はない。

それでも嫌われているのではないことがわかって少しほっとした。

これまで誰からも優しくされたことがないので、優しくされるのがとてもうれしいのだ。けれどそれに対してどう反応すればいいのかが、リアンにはとっさに思いつかない。

「私のわがままだというのはわかっているんだ、きみをリクエストしてしまったのは」

リクエスト？　高位の貴族の子弟を……ではなく、ぼく自身を？

「そうしなければ、きみの国を私は滅ぼしてしまいかねなかったから。長い間、ずっと海を荒れさせてしまって……このあたりの海は……私の心の鏡だから」

それは伝説として知っている。海の姿は蒼の王の心だと。

――でも……それって……ぼくも関係あるのですか？

「きみは私の初恋だから」

え……。その言葉にリアンは眠ったふりをしながらも思わず息を止めた。あまりに驚いて心臓がドキドキしている。

「ずっとずっときみと会いたかった。もう一度会いたいと思っていた。だが……真珠姫にする勇気がなくて。義務を押しつけられ、仕方なくここにきたのではないかと心配で。きみがとても大事だから、きみの意思を尊重したくて……」

どうしよう、彼の言葉を聞いているうちにだんだん胸が苦しくなってきた。さっき熱があったときの息苦しさとは違う。じわじわと締めつけられるような感じがする。

決して不快ではなくて、むしろその逆だ。ロクムを食べ過ぎたときのような、甘さがいっぱいの苦しさに似ている。

「リアン……ありがとう、ここにきてくれて」

身体の熱がおさまったおかげで、今は心地よい温《ぬく》もりだけが肉体を満たしている。

リアンはうっすらと目を開けながらも、それでも眠ったふりをして彼が髪を撫でてくれるその指先の心地よさに身をゆだねた。

「きみの寝顔……見ていると、幸せな気持ちになる。さっき、きみに触れたときは苦しさしか感じなかったが、今のきみからは心地よい空気が伝わってくる」

そうか、彼は触れると相手の心の状態がわかると言っていた。

「リアン、そうだ、これをここに置いておこう。とても綺麗だ。目を覚ましたら世界が美しく見えたほうがいいだろう」

そんなことを囁《ささや》きながら蒼の王が枕元になにか置く。

「おやすみ、リアン」

彼が去ったあと、リアンはゆっくり目を開けて起きあがった。見れば、枕元にランプのようなものが置かれている。何て綺麗なのだろう。

大きな真珠が貝殻の真ん中に置かれていて、美しい光を放っている。七色の虹彩《こうさい》とでもいうのか、真珠自体が発光して淡い虹色の光でまわりを灯《とも》している。すごい、こんなの初めて見た。ランプに手を伸ばすと、そこからじんわりとぬくもりを感じる。

とても繊細なあたたかさ。何となく蒼の王と似ているように思った。

——初恋……さっき、彼は……たしかに初恋だと言った。

もう一度会いたかったとも。初恋だなんて。あのひとが恋してくれていたなんて。ぼくに、こんなぼくを大事に思ってくれていたなんて。

——いつ……いつ会ったのだろう。思いだせないけど。ああ、だけど嫌われているわけじゃなかったんだ。よかった。

ほっとして力が抜け、リアンはもう一度横になって枕を抱きしめた。気がつけば、またほおが濡れていた。

さっきとは違って、どうしようもないほど狂おしい感じで。

言おう、明日、ぼくもあなたが好きだと——。

枕元のやわらかな光が愛しくてどんどん涙があふれてくる。

そこからぬくもりを感じて胸がいっぱいになる。

さっきまで地獄にいたのに、蒼の王の気持ちがわかっただけで一気に天国に移動したような幸福感に満たされている。

それともこれは都合のいい夢だろうか。あまりに幸せすぎてありえないことに思えてくる。

バルコニーで具合が悪くなって、意識を失って、そのまま自分が欲しい夢を見ているだけなのかもしれない。

こんな幸せなこと……夢だ。ああ、でも夢なら醒《さ》めないで。祈るような気持ちでリアンは枕を強く抱きしめた。


しかしその翌日、リアンはまた熱が出て起きあがることができなかった。

「リアンさま、今日はゆっくりおやすみください」

「ください」

オーロとラーメが現れ、あたたかいスープを飲ませてくれたが、それ以外の記憶がほとんどない。

昨日よりもずっと高い熱と肉体の疼きに息苦しくてどうにかなってしまいそうだった。

それでも赤珊瑚を口にしてしばらくすると、高熱と息苦しさが消えた。ただ猛烈な眠気に襲われ、ぐっすりと寝こんでしまった。

大好きだって言いたいのに。謝らないで、ここで暮らしたいと思っていると伝えたいのに。

早く会いたい、早く蒼の王に伝えたい。

そう思いながらも熟睡してしまい、夜になって蒼の王が現れたこともわからなかった。また昨夜のように髪を撫でられていることに気づいたときには、すでに真夜中になっていた。

ちょうど満潮を告げる鐘の音が聞こえてくる。今夜は零時半くらいのはずだ。

「……」

起きています――と告げようとしたが、髪に触れている蒼の王の手があまりにも心地よくて、もう少しうっとりとしたままでいたかった。

ザザ、ザザ、ザザ……と、聞こえてくる波の音と彼の動きのタイミングが同じせいか、とても優しくて子守唄のように感じられる。何だろう、春のひだまりがじわじわと肌を包みこんでくれるときのような優しさに満たされていく。

「リアン……大好きだよ、私の初恋……」

本当に？　もっと耳元でささやいてほしい。やっぱり昨日の言葉は夢ではなかったのだ。幸せすぎてこのまま砂糖菓子みたいに溶けそうだ。

ああ、だけど　どうして起きているときにはそうした優しさを見せてくれないのですか？

どうして起きているときにもっと話しかけてくれないのですか？

それとも彼も自分と同じなのだろうか。

相手に素直になる勇気が持てない、嫌われるのが怖いと思っているのでは。

いや、まさか。海の神、蒼の王ともあろうひとが、たかが自分みたいなちっぽけな存在にそんなことって。

――でも……ぼくは怖い。このひとの優しさが消えるのが怖い。

だから眠ったふりをしているほうがずっと楽だ。髪を撫でる手の心地よさを感じているのが幸せだから。

「よかった、気持ちよく眠ってくれているんだね。きみが心地いいと私も幸せになるよ」

そうだ、彼にはこちらの心の状態が伝わるのだ。起きていると知らせなくても、こちらが心地いい

と思っている感情が伝わるというのはとても素敵だ。

それなら、永遠にこうしていたい。ずっとずっとこんなふうにされていたい。と思ったとき、ふと髪を撫でる彼の手が止まった。

「リアン……やっぱり私のわがままなんだろうか。たった一年しかない。真珠姫と蒼の王が一緒にいられるのは。だからその間だけでも、きみと過ごしたいのだが」

やはり彼はリアンと過ごしたいと心から思ってくれているのだ。

「きみが私の世界にこられるよう、真珠を一粒ずつ飲み、身体を慣らすのに一カ月、それから、十カ月、きみは私の世界で暮らす。子供が誕生するのに一カ月……。たったそれだけの時間しかない。子供が生まれたあと、別れがくる。それをきみに伝えるのが怖い」

彼はそのことを心配していたらしい。

子供の命は真珠姫の魂の代償として誕生する。その真実を蒼の王はリアンが知らないと思っているのだ。

「きみにとって私は魔物……そんな自分の相手をさせてしまうのも怖いが……なによりそのことを知らせるのが……あまりにもきみを愛しすぎているから……」

愛しすぎている？　ああ、だから彼はずっとかたくなな態度を——と思うと、胸から愛しさがあふれそうになり、リアンは眸をひらき、彼を見つめた。

「リアン……」

とても不安そうに蒼の王が美しい眸をふるわせていた。枕元のやわらかなランプの光がその横顔を淡く照らしていた。

「起こしてしまったのか……すまない」

蒼の王が離れようとする。リアンは勇気を出して彼に手を伸ばした。そして半身を起こして、リアンは蒼の王にほほえみかけた。

「知ってます……時間がないことなら……」

「……っ！」

彼が切なそうに眉間《みけん》にしわを刻む。ほっとさせたくて、リアンはそのほおに手を伸ばした。初めて自分から蒼の王に触れていた。

ずっとここにいてくれたのか、ひんやりとしている。皮膚はとてもなめらかなのに。

「ぼくのこと……嫌いじゃないなら……逃げないで。ましてや愛しているなら……」

祈るようにリアンは訴えた。同じことをリアンは自分の胸にも言い聞かせていた。このひとを愛している、だから逃げてはいけない——と。

「どうしてそんなことを。きみこそ、私を怖がっていないのか」

「怖い？　ええ……怖いです」

リアンはうなずいた。

「すまない、私は人間ではないから」

「そうじゃないんです……そんなこと、ちっとも怖くないです。ぼくは不安も恐れもなく、静かな気持ちでここにきました。最初のときからご存知のはずなのに」

「……っ……そうだったな」

彼のほうが恐れていたのがわかる。だからちゃんと伝えなければと思った。たった一年の命、たっ

た一年の時間ならば、

「あのときから今日まで……ぼくの胸の内側は、ずっとあなたの愛を求めています」

勇気を持とう。彼の優しさ、彼の気遣いが愛ゆえのものなら、なにをおそれることがあるだろうか。

ふたりは愛しあっているのだ。どうしようもないほど。

それなら、伝わらないままもどかしく相手を気遣っているこの一分一秒が惜しい。一年もないのに。愛しあっているのなら、愛しあえないままの時間がもったいない。

――勇気を持つんだ、リアン。一年後にぼくはいなくなる。でもそれまでは愛しあえる。童話を読んで、ずっとうらやましいと感じていた初代の蒼の王と真珠姫のように。

ううん、それ以上に愛したい。愛されたい。そんな思いが胸で爆発しそうだ。これまでの恐れもこれまでの自己否定も全部全部もうどうでもいい。

あなたが愛してくれているなら、それだけでぼくは何でもできる。死ぬのも怖くない。

「シグさま……知っています、ぼくたちの時間が短いことくらい」

「……」

「次の蒼の王の誕生のため、ぼくがここにいることもわかっています。生贄のようなものだとも聞かされていました。でもぼくは、それでも、たとえ一年しかなかったとしても、どんな人間の一生分にも負けないほど、愛し、愛されるつもりでここにきたんです。愛がないことだけが怖い。愛があれば、一年が永遠の幸せに思えるから」

「リアン……」

「誓いたいんです、あなたと一緒に生きていくと」

どこにこんな勇気と強さが自分のなかにあったのだろうと思うほど、リアンは懸命に蒼の王に訴えた。彼の愛がほしい、そして彼を愛したい。

「リアン……いいんだな」

「はい、あなたを愛したいから」

そう告げた瞬間、蒼の王の眸がこれ以上ないほどやるせなさそうに揺らいだ。

しばらくしてようやくリアンの告げた言葉の意味を理解したのか、彼はゆっくりとまぶたを閉ざして浅く息をついた。

「私を……愛して……くれるのか？」

リアンは笑顔でうなずいた。かすかにふるえるそのまぶたと、衣服越しに伝わってくる彼の鼓動の早さに、リアンは胸のなかにあたたかな光が満ちるのを感じる。

「愛させてください。子供が誕生するそのときまで、全身全霊であなたを愛します」

その瞬間、突然、人形になったかのように蒼の王は目を見ひらいたまま硬直した。

愛されることなどありえないと、蒼の王は信仰のような堅さで信じているようだ。でもその気持ちはわかる。自分も眠っているときの彼の告白を最初は都合のいい夢だと思っていたのだから。

「本当に私を……恐れていないのか」

「恐れています、嫌われたらどうしようと。あまりにもあなたが好きすぎて」

「好きすぎるだなんて……そんなこと。きみは……オルフェオを……」

「……っ……ご存知だったのですか？」

気まずそうに蒼の王は視線をずらした。

「遠い日、海で溺れたときに助けてくれ、ぼくに言ったんです。家族になろうと。それがうれしくて彼を好きになったんです」

「家族に？　オルフェオが？」

「はい」

リアンはうなずいた。

「カーニヴァルのとき、ぼく、船から落ちて……荒れた海で大怪我をして……死にかけていたぼくに、死ぬな、一緒に生きていこうと言ってくれたから」

「きみは……そのときのことを覚えているのか」

「うっすらとですけど……とても優しい声で……ほとんど覚えていないのですが」

「そう……そうか」

どうしたのか、雷鳴におびえるかのように蒼の王の身体がふるえている。

「でも……オルフェオへの気持ちは、ぼくの一方通行だったんです」

「リアン？」

「ぼくは卑怯《ひきよう》なんです。彼は、唯一、自分の味方をしてくれる相手だったから友達だと勘違いしていたみたいで」

「味方？」

「ぼくは……ずっと家族から嫌われていたので」

正直に伝えるのが怖かった。彼に嫌われるかもしれないと思って。

でも違う、このひとは大丈夫、受け止めてくれる。

もうあと一年の命、このひとの子孫のため、この命を……と思うと、どんなことでも勇気を持とうという気持ちになった。

このひとの優しい手。眠っているときに髪を撫でてくれる手だけで充分に幸せだから。

リアンはこれまでのことを切れ切れにシグに伝えた。

母の死、アニータの母への憎しみ。それが自分に向けられていたこと。父からは、真珠姫になって欲しいと言われるまで、親らしい言葉をかけてもらったことなどない。父はアニータの機嫌をそこねるのが怖かったのだ。

そして、半年だけ年下のダンテとの確執と異母妹のマルゲリータの言動。さらに追い討ちをかけるように、オルフェオからは友達ではないと告げられたことなど、淡々と話をした。

「対等ではないから……と言われ、自分の勘違いが恥ずかしくて」

そう言いながらも、あのときの胸の痛みが消えていることに気づいた。

むしろすっきりとしている。あれがあったからこそ、ここにくることに迷いもなかったし、蒼の王の愛情の深さ、気遣いや優しさからくる思いやりの意味が改めてどれほど愛しいものなのかわかったからだ。

「そうだったのか」

リアンの肩に手を伸ばし、蒼の王は抱き寄せてくれた。

「ごめんなさい、だから……ビリヤードもカードも知らなくて」

「当然だ。謝ることじゃない」

「あの海の事故のせいで、ダンスもできなくて」

「では、私を嫌っていたのではなく？」

リアンは大きく首を横にふった。

「まさか、ただ踊れない自分が哀しくて……あなたの手をとれなかったんです。ごめんなさい、あなたと踊れたら本当に素敵なのに……」

あのときのことを思いだすと、胸の奥から熱いものがこみあげてくる。嗚咽が漏れ、リアンは全身をふるわせた。またほおがぐっしょりと濡れている。

「泣かないでくれ、リアン……大丈夫だ、踊れなくても……私も同じだから」

あやすようにリアンの背をポンポンと叩き、蒼の王は切なそうに言った。

「え……同じ？」

「私もダンスが踊れない。歩くのがやっとだ」

蒼の王の告白にリアンは目をぱちくりさせた。気づかなかった、そんなこと。

「本当に？」

「そうだ、テニスも乗馬もできない。ダーツだってよくわからない。だからきみに嫌われないかドキドキしていたんだ」

その言葉にリアンは拍子抜けしたようにあんぐりとした。

「どうした？　がっかりしたか？」

リアンはぶるふると首を左右にふった。

「ちっとも。すごくほっとしました。ああ……では、こんなぼくでも……真珠姫にしていただけるんですね」

「……どうして……こんなぼくだなんて言い方を」

「貴族の子弟としての教養もない、踊れない、使用人扱いされてきた男です」

「とんでもない、きみは誰よりも優しいではないか。私はきみの優しさを知っている。きみのさみしさも」

「……どこかでお会いしたことがあるんですね」

そういえば、もう一度会いたかったと言っていたが。

「もしかして、ぼくの記憶……消したのですか？」

リアンはハッとして問いかけた。

気まずそうな蒼の王の表情から、そうだったのか——と察した。どんな出会いがあったのか知りたい。初恋だと思ってくれるような出会いがあったのだ。けれど彼があえて言わないということは、なにか大事な理由があるのだろう。

「すまない……だが信じて欲しい。私は昔も今もきみが好きだ」

リアンは蒼の王の手をとり、そこにキスした。

「これから先、あなたと歩んでいきたいです」

「ありがとう……」

青い眸をほんの少し潤ませた彼を見ているだけで、ほおを濡らす涙を止めることができない。

「ありがとうと言うのは……ぼくのほうです……蒼の王さま……いえ、シグさま……」

声が変にうわずって言葉がふるえる。慣れないことに緊張しているせいか、あまりにも好き過ぎておかしくなっているのか。きっとその全部だ。

「では誓おう。きみが真珠を飲み終える夜に」

蒼の王がリアンの背を抱き寄せる。噛みしめるように抱きしめられている。骨が砕けそうなほどの強さで。

ああ、もっと強くてもいい。もっともっとこれ以上ないほど狂おしげに、愛しいという感情の塊ごとぶつけてくるような強さで抱きしめて欲しい。そう思った。

一年間だけの伴侶。このひとを愛していく。そして愛されるために。

6　海の王国

それからの半月はとても楽しかった。

「ここの本を一緒に読もう」

夜になるたび、シグは書斎にリアンを案内し、ふたりでいろんな本を読んで過ごすことにした。

世界の大きさ、世界の歴史……これまで知らなかったことがわかる楽しさに加え、愛している相手と一緒に過ごす幸せに、リアンは毎日を夢のように感じていた。

「リアン、よかった、シグさまと仲良くなれて」

「仲良くなれて」

リアンの心が伝わるのか、オーロとラーメも同じように楽しそうにはしゃいでいた。

「きみたちの言ってた通りだね、シグさま、本当にお優しいよ」

「うん、リアンも優しいからとってもお似合いだね」

「お似合いだね」

「結婚したら、ぼくたち、海の猫族の村にも、シグさまと一緒にきてね」

「一緒にきてね」

彼らの話によると、ここではない別の場所に海の猫族の村があるらしい。アンジェロもオーロとラーメもその村出身で、代々、蒼の王の側近として仕えているとか。アンジェロのように完全に人間に見える猫族もいれば、オーロやラーメのような、ネコ頭の人型もいるようだ。

「いいなあ、行ってみたいな。ぼく、みんなと仲良くなれるかな」

「みんな、早く真珠姫に会いたいって。すっごく楽しみにしているんだ」

「しているんだ」

他にも、もう少し遠くにウサギ族や犬族もいるらしい。ウサギ族は、手先が器用らしく、蒼の王の衣服や調度品の製作を担当しているとか。結婚後はリアンのものも作ってくれるそうだ。

一方、犬族は集団行動が得意なので、みんなで建物を建てたり、家具を作ったりしていると教えてくれた。ウサギの顔をした人型や、犬の顔をした人型……想像しただけで、童話の世界にまぎれこんだような感じで楽しくなってくる。

――ああ、早く真珠姫になりたい。シグさまと愛しあって、素敵なみんなと過ごす毎日が待ち遠しい。きっとすごく楽しいだろうな。

そしていよいよあと二日で婚礼の日となったその夜、使用人を通じてヴェネツィア本島からの親書が届いた。

明朝、本島から元首がここにやってくるということだった。

「元首が代替わりしたらしい。前の元首が疫病で亡くなり、その息子が就任したとか。挨拶も兼ね、明朝、ここにくるそうだ」

ではオルフェオの兄が後を継ぐことになったのだろうか。

シグは親書をいちべつすると、アンジェロに客人用の部屋を整えるように命じた。

本島から元首がやってくるときは、この城ではなく、桟橋の脇《わき》にある小さな来客用の館で面会することになっているらしい。

大事な契約があるため、千年前から元首の記憶だけは消さないことになっているとか。その代わり、孤城の内部には入れないのだ。

「あちらの政治的な都合で、明け方、到着し、夕方にもどるらしい」

本島からの船がこの島にこられるのは一日に二回、うず潮がおさまる明け方と夕刻だけ。

蒼の王が夜にしか面会しないため、基本的に元首がくるときは夜と決まっていた。夕刻ここにきて、来客用の館で一泊し、翌朝早くにもどることになっているのだが、今回は昼間にくると連絡があったようだ。

「大丈夫ですか、明るい時間帯ですが」

蒼の王は、長時間、じかに太陽の光浴びることができない。身体が弱ってしまうのだ。イースターが終わってもうすぐ一カ月になるが、今の季節は、一年のうちでも明るくなるのが早い。

うず潮がおさまる時間帯は、すでに太陽が顔を出している。しかも島の東側に桟橋と来客用の建物があるため、直射日光に晒されてしまう。

「困ったな。新しい元首からの書面によると、いくつか書類に目を通したあと、調印しなければいけないようだ」

代わりにアンジェロを使いにやるのは失礼にあたる。どうしたものか——とシグが険しい顔をしていたので、リアンは提案してみた。

「どうでしょうか、朝、ぼくがお出迎えをして、書類を受けとります。それをアンジェロから、別の場所にいるあなたに届けてもらう。そしてお見送りの時間帯にあなたがそれをとどける」

朝は無理でも帰りの時間帯なら大丈夫だ。まだ日没にはならないが、島が影になって太陽をさえぎってくれる。

「いいのか、そのようなことをきみにたのんで」

リアンは笑顔でうなずいた。

「ここにくるとき、前元首と約束しました。真珠姫としての役目を果たすことを。新元首にも、誇りを持って真珠姫としての人生をまっとうするつもりだと伝えたいのです。おそれも不安もなく、幸せな気持ちで愛するひとと婚姻します、だから元首からも祝福をくださいと」

いい機会だと思った。明日、この人と正式に結婚する。その前に、ここにいるのは自分の意思だとはっきり伝えることができるなんて。

「変わったな……リアン。それがきみの本質か」

シグは慈しむようにリアンのほおに手を伸ばした。

「名もなき愛らしい花、今にも消えそうな、ひっそりと咲く小さな花だったのに……誇り高き大輪の薔薇になった。ついこの前まで……すみません、すみませんと、世界中に謝っていたようなきみが、自ら元首に会いたいと口にするなんて」

あまりにも不思議そうに言われ、リアンは不安になった。

「……っ……よくないことでしょうか……」

まさか、とシグは首を左右にふり、リアンを抱き寄せた。そして愛しそうに額にキスをしてきた。

「改めて自画自賛しているんだ。私は何というすばらしい相手を選んだのだろう、と。きみの孤独に共鳴し、きみの優しさを愛しく思っていたが……その奥にある芯《しん》の強さに、私はまた新しい恋をしてしまいそうだ」

あまりの褒め言葉にほおが熱くなる。ふと鏡を見たら耳まで赤くなっていて恥ずかしくなった。

たしかに変わった。いつも怯えてばかりで、毎日が苦しくて……生きていること自体が辛くてしかたなかったのに、今は抱えきれないほどの幸せでいっぱいになっている。だから自分自身の思考も変わったのだと思う。自己否定しかできなかったのに、今は違う。

翌朝、元首の船が到着する時刻になると、リアンはここにくるときに着ていた衣服を身につけ、アンジェロとともに桟橋に降りていった。

失礼がないよう新しい元首を迎えようと思ってのことだった。

元首の滞在用の館は、そう大きくはないが、城の内部と同じくらい優美に整えられていた。失礼がないようにとのことだろう。新元首は数名の従者を連れてきたようだが、彼らは蒼の王に会うことができないため、波止場に停泊している船で待機するらしい。

「ようこそ」

丁重に出迎えようと桟橋に立っていたリアンは、御座船から出てきた男の顔を見て目をみはった。少し癖のある肩まで伸びた金褐色の髪をした上品な風貌の若い男性は、かつてリアンが一番好きだった友人だった。

「新しく元首になったオルフェオ・ディ・コロンナです」

オルフェオが新元首に？　三男なのに……。驚いているリアンの手をとると、彼はそこにうやうやしくキスをしてきた。

「父と兄……次々と黒死病で亡くなって……結局、ぼくが元首になったんだ」

「では、流行病というのは……」

「その話はまた後で。先に用事を済ませたい。蒼の王は？」

「王は夕刻にいらっしゃいます。それまでこちらにくることはできないので代わりにぼくが。必要な書類を渡していただけますか？」

「夕刻に？　わかった、ではこれを」

しっかりと封蠟《ふうろう》で留められた封書を受けとると、リアンはそれをアンジェロに渡した。

「館に案内しますので、そちらでお休みになられますか？」

「そうだな……だが、リアン……この島を少し案内してくれないか」

「ダメです、外部の人間は決められた場所以外は……」

「わかった、ではそこの砂浜でいい。ここから朝日を眺めたいんだ。本島から見る朝の海とは、また違うようだ」

ちょうど薔薇色の朝の光が波濤をきらきらと金色にきらめかせている。沖を飛ぶカモメたちの翼が朝陽を反射し、目が痛くなるほどの眩さだ。

「静かな海だね。朝はいつもこんな感じ？」

砂浜を進み、オルフェオは美しい蒼海《そうかい》を前に目を細めた。

「そうですね」

一歩一歩、リアンは右足をひきずりながらも砂浜の感触を味わうように歩いた。

風ひとつない。海が静かに凪いでいるのは、蒼の王がおだやかな気持ちでいるからだ……とオルフェオに告げる気はないけれど、リアンの心も同じように平和だった。かつては絶望の淵《ふち》に落とされた気分だったのに、今は何の感情の揺れもない。

「綺麗になって。ここでいい暮らしをしているんだな」

「ありがとうございます」

「きみにずっと謝りたかったんだ。あのとき、ひどいことを言った。本当にすまなかった」

リアンは首を左右にふった。謝られたところで、なにも感じない自分が不思議だった。かつてオルフェオはリアンにとって生きる理由のような存在だったけれど、もうそれはない。

「いえ」

「他人行儀だね、友達なのに」

「あなたは新元首でいらっしゃいますから」

友達――もう友達ではないはずでは？　と尋ねようか迷ったが、今、ここにいる自分は蒼の王の名代。そしてオルフェオは新元首。個人的な会話は避けようと思った。

「リアン……それでは新元首として、一つ、訊きたいんだが、蒼の王のところによその国から使者がくるようなことはあるのか？」

どうしてそのような質問をしてくるのか。もしやシグが裏切っていると思っているのか。

「もしここに外国からの使者がくるようなことがあったら教えて欲しい」

「まさか……密偵をしろとおっしゃるのですか？」

リアンは驚いて問いかけた。

「密偵とまでは言っていないが、同じ意味のことを要求しているのはわかっている。我が国は海によって成り立っている。そしてこの島が我が国の盾になっている。蒼の王が外国とつながっていたら、共和国が危機に陥る可能性がある」

だから、常に蒼の王に対して忠誠と恐怖心と猜疑心《さいぎしん》を持ち続けなければならない。蒼の王が裏切ってしまえば、共和国が滅んでしまう。オルフェオはそう続けた。

「待ってください、あなたは蒼の王を疑っているのですか？」

オルフェオは神妙な顔でうなずいた。

「今年に入ってから我が国は、海が荒れたせいで甚大な被害をこうむった。疫病が流行したのもそれが原因だ。蒼の王が敵対する気なのかと疑っても不思議ではないだろう」

「そんな……」

「きみ以外の、これまで送り返された真珠姫の様子を見ても……蒼の王への疑念が深まるばかりだ。全員、正気を保っていなかったし、記憶もなかった。乱暴に強姦され、捨てられたのだろう」

「それはありませんん。蒼の王はそのようなことをする方ではないです」

「リアン……きみは蒼の王を……」

リアンはうつむき、足元にうちよせる波に視線を落とした。

「蒼の王を信じるのは勝手だが、彼女たちの肉体的にそうした行為の痕跡《こんせき》はあった」

「え……」

「処女じゃなかった者もいたそうだ。流産した者もいた」

「そんなことないです。蒼の王はしてません。ありえないです」

「どうして言い切れる」

「わかる、ぼくにはわかるんです。蒼の王は絶対にそのような方ではありません。彼の名誉にかけて。そしてぼく自身の誇りにかけて」

リアンはきっぱりと言い切った。

そのとき、自分の視界が信じられないほどひらけていることに気づいた。

胸のなかにある確たるもの、進むべき道、信じるものを持っている強さが己のなかに存在しているからこそ、目の前の世界が広がって見えるのだ。

じっと臆《おく》することなく答えたリアンをオルフェオは信じられないものでも見るような眼差しで見つめた。

「変わったな、リアン、別人のようだ」

オルフェオは背後の断崖を振りかえり、そこにそびえる孤城を見あげた。ここからだと要塞のようだ。内部がどれほど優美で美しいのかは誰も知らない。

「ずいぶんさみしい島だね。海鳥しかいない。……もうこの先、ここに生贄を送る風習をやめるつもりだ」

唐突なオルフェオの言葉にリアンは「え……」と首をかしげた。

「千年前とは時代も変わった。留学中、間近でフランスの革命を経験したぼくから言わせると、生贄をささげる風習なんて……人権を完全に無視した野蛮なものだ。ローマ教会からも異端行為だと非難されているし、オーストリーからもナポレオンからも揶揄《やゆ》されているよ」

「ナポレオン？」

オーストリーはわかるけれど、ナポレオンというのはどこの国だろう。

「ああ、ナポレオンは革命後のフランスの実質的な支配者だ。こんな古い因習のある国など存続させるに値しないと、我が国を攻める口実にしているそうだ。近いうち、フランスかオーストリーか、あるいは別の国が我が国を攻めてくるだろう。長雨と不況と疫病で弱っているところをやられたら、一巻の終わりだ」

そんな……。

「でも、それと生贄の儀式とは関係ないはずです」

「いや、そうした迷信が我が国の根本を衰退させているんだよ。もっと時代の変化に対応していかなければ。なによりぼく自身、いいかげん古いこの国の因習を断ち切りたいと考えているんだ。共和国の人間を必ずひとり犠牲にするなんて……本当にありえない話だろう？」

その言い分はわかる。たしかに国民を誰かひとり必ず犠牲にしなければいけないというのは残酷だし、教会からの非難も当然だろう。

「もしぼくの仕事に協力してくれるなら、きみのお母さんを釈放するよう働きかけるよ」

「え……」

母……母は生きてるのか？　リアンは全身をふるわせた。

「アニータが監禁している。正しくは、彼女に毒殺されかかり、それをオスマントルコに隠すため、伯爵が死んだことにして、監獄のような修道院にあずけられているというべきか。異教徒なので辛い思いをしている。リアンが協力してくれるというなら、母親は助けてやる。すべてがうまくいったら、会わせてやることだって可能だ」

「……ぼくを脅しているのですか？」

「まさか、そんなわけないだろう。共和国の平和のためだ。蒼の王が敵と通じていたとき、すぐに教えてくれるだけでいいんだよ。それとこの島の地図と城の設計図、彼がどういうふうに暮らしているのか、交友関係、他に誰がいるのかを教えてくれたら」

それを紙に書き、この島に出入りしている使用人の船の帆先《ほさき》から吊《つ》るされた瓶に入れるようにと指示してきた。

——そういうことだったのか。

泣きたくなった。

心のなかに残っていたオルフェオへの友情、これまでの感謝の気持ちがしゅっと音を立てて鎮火してしまうのがわかった。

最初からオルフェオはそのつもりでここにきたのだ。

それでわかった。わざわざ蒼の王が出てこられない時間帯にきたのもリアンに密偵行為を依頼するのが目的なのだろう。

——でも……お母さんが生きているのなら助けたい。ぼくはもうもどる気はないけれど。

死んだことにして監禁……。アニータならやりかねないだろう。これまでも父の愛人に毒を送ったり、暗殺しようとしたりしてきたことは耳に入っている。

彼女はこれまでリアンが知っているなかで最も恐ろしい人間だ。ナポリ王家の血を汲《く》む大貴族の娘であり、さらに美貌も知性もある申し分のない姫君のはずなのに。

政略結婚とはいえ、オスマントルコから送られてきた皇女との間にリアンという子供ができてしまったことに対する怒りに加え、本人の自尊心や負けたくないという気持ちがどうしても勝ってしまうのだろう。

その結果、時折、父が安らぎを求めて、他の女性に目を向けてしまうことが彼女には許せない。けれど父はそれを望んでしまう。

愛しあってはいたものの、今ではそうした感情が遠のき、互いに貴族の者同士の結びつきという形で体面を保っただけの結婚生活を続けているに過ぎない。

アニータがリアンにひどい態度をとっていたのは、そうした満たされない状況への鬱屈《うっくつ》した思いもあったのだろう。

いずれにしろもう会わないひとだ。

——シグさまはどう思われるのだろう。ヴェネツィアがこれまでの契約をやめるつもりでいると知ったら。

子孫のため、真珠姫を娶《めと》らなければならないことをシグ自体が悩んでいた。だが、真珠姫がいなければ子孫はどうなるのか。

そのとき、海はどうなるのか。

――本当にお母さんは生きているのだろうか。それとも……。

シグを裏切るつもりはない。かといって、もし母が生きているのならこのままにはしておけない。

いろんなことを考えると不安しかなくなる。

密偵行為をしてどうなるのか。そうすれば共和国は他国からの脅威に晒されなくなるのか？　もう犠牲者を出さなくていいのか？

――だけど……そうなったら蒼の王は？　シグさまは？

あの優しいひとはどうなるのか。

――ぼくは……どうしたらいいんだろう。どうしたら……。


その日の夕刻、シグは仮面をつけてオルフェオを見送ったあと、リアンに最初の日の教会にくるようにと告げた。

いよいよ本当の真珠姫になるのだ。

最後の真珠を飲むと、リアンは猫たちが持ってきた綺麗な装束を身につけた。

白の絹のブラウスに、ライラック色の上着と膝丈の長さのズボン、それから膝丈の同じ色のマントだ。白いブラウスは襟がレースになっていて、襟元にも白のリボン、袖《そで》は型のあたりが少しふっくらとしている。

聖堂まで行くと、シグが祭壇の前で待っていた。

「真珠は？」

「もう一粒もありません」

「それなら大丈夫だ。行こう」

シグはふわっとリアンを抱きあげ、祭壇の向こうにある東の塔の扉を開けた。そこには地下への螺旋階段があった。

「あの……どこへ」

教会で愛を誓うのではないのか？

「地下へ。私が抱いて降りていくから」

どうやら足が悪いリアンを案じて抱きあげてくれたらしい。コツコツと彼の歩く音が響くだけの暗い闇に緊張してしまう。怖くはなかった。

自分を抱くシグの胸から聞こえる鼓動が「大丈夫だよ」と語りかけてくれる気がしておだやかな気持ちになれた。

明かりがないので周囲に黒い闇が広がっているだけで、螺旋階段の石壁すら見ることができない。ただ空気のしめっぽさ、波の音、カモメの鳴き声が聞こえてくるので、海が間近だというのだけはわかった。

もう夜なので、海に行っても月明かりしか頼りにならないだろう。

そしてどのくらい降りていったのか。ようやく明かりのようなものが見えた。リアンの枕元にあった貝殻のライトと同じものが踊り場を照らしていた。

「ここから先は、私の世界だ。これから先、きみもここで暮らすんだ」

シグはリアンを扉の前で下ろした。

「ここで？」

「改めて私の真珠姫になってくれるか」

扉の前で膝をつくと、シグはリアンの手をとり、うやうやしく手の甲にキスしてきた。

「あの……ぼくこそ。本当にぼくでいいんですか？」

「どうしてそんなことを訊く」

シグは不思議そうに問いかけてきた。

「ぼくは……これまでそんなに必要とされてきたことがなかったので。ここにくるのも……」

言いかけてリアンは言葉を止めた。

そういう自己否定的なことを口にするのはもうやめようと思ったからだ。

愛しているし、愛されているのだから。

立ちあがると、シグはリアンのあごに手をかけ、静かに微笑した。

「きみがいいんだ。初恋だ」

「そうでしたね。あの……婚姻の前に、ひとつ告白していいですか」

「ああ」

「あなたのことを共和国に害を成す人ではないか、新しい元首が疑っています。その証拠を見つけたら、母に会わせてくれると言われて」

リアンはオルフェオとの会話をすべてシグにうちあけた。

「そうか、古い風習への非難……それは理解できる。他国とつながっていないか、それを不安に思う気持ちも理解できる」

シグはリアンの前髪をかきあげ、そっと額にキスしてきた。

「ごめんなさい、婚姻の前にこんなこと。ぼくはここで生涯を終えるつもりでいます。でも母が生きているなら……」

「わかった。どうなっているのか調べ、もしその話が事実ならすぐに助けよう。それから元首にも私は無害だと証明できるようになにか働きかけてみよう」

「そんなこと……できるのですか」

「わからない。でもきみのためにさせて欲しい」

「ぼくのためって……」

「私はね、きみが望むことは何でもかなえたいんだ。だから今みたいに、心の愁いや悩みはすべて打ちあけて欲しい」

「シグさま……」

こんなに思われていいのだろうか。ああ、幸せすぎて怖い。口のなかですぐに消えてしまう蜜菓子のようにたよりなくて、でもどうしようもないほど愛しい甘さとでもいうのか。

「わかりました、心のなかの思いをあなたにすべて伝えます」

「私もそうする。なにもかも打ちあける。そして私のすべてをかけて、これから先、毎日、一分一秒を惜しむほどきみを愛していく。この恋、この愛……もう止めることはできない。ここで誓う、きみを笑顔にするためだけに生きていくと」

シグがリアンの肩に手をかける。そこに手を重ね、リアンは同じように誓った。

「ぼくも……ぼくもあなたへの愛のためだけに生きていきます」

「愛している、私の真珠姫。今日からここがきみの世界だ」

シグはリアンを後ろから抱きしめると、そっとリアンのマントと上着を外し、首筋にキスをしてきた。

リアンは息を止めた。なにをされても驚くことはなかった。自分を抱きかかえているシグの体温の不思議な感触が愛おしくてどうしようもなかった。

いつしか淡い霧のようなもやがたちこめるなか、少しずつ周囲が明るくなり始めた。月明かりに青く染まった海が自分のまわりに広がっているのだ。

海の底……今、ぼくは海の底にいる。自分たちのいる場所が海の底で、ガラスのドームのようになった空間だということにようやく気づいた。

月の明かりを反射したランプ。ドームの外をゆったりと泳ぐ魚の群れ、その魚影が絵画のようにガラスの天井で揺れている。

シグの唇が首筋から離れると、リアンは息を止めて頭上を見あげた。


深い深い海の底——なのに月の光が満ちて明るい。

すべてが見わたす限り、透明な蒼い色に包まれている。

魚だけではない、明かりを反射させながら、海の生き物たちが周りで揺らめいている。松明《たいまつ》の焔のような、それでいてもっと神秘的だ。

原生林を思わせる海藻が乱立して、波にゆらゆらと揺らめいている。白い珊瑚が蒼い色に染まりながら煌《きら》めいている。白樺《しらかば》の並木のようだ。

「ここは……」

リアンは振りむき、シグを見あげた。

「あの城の底……私が支配する海の王国の入り口だ。この先に、私ときみの住む宮殿がある」

ほほえむ彼の双眸《そうぼう》は海の底で見ると、完全な蒼色ではない。少し緑がかっている。月の光を吸いこむと、エメラルドのような色に染まってとても美しいことに気づいた。

その目と視線を絡めていると、身体の奥のほうが熱く焦げるような、奇妙な疼きを感じる。

自分の体内で、何かが変化しているのがはっきりとわかる。

さっきのうなじへのくちづけが合図となり、自分が海の人間になったのだ。この身体のなかを渦巻いていく不思議な感情と感覚がそれを教えてくれた。

「宮殿に行く前に、きみにひとつ、私は謝らなければならないことがある」

「え……」

「以前にきみが作ったお菓子……オレンジのケーキのことだ」

突然、どうしたのだろう。ここにきたとき、ケーキは必要ないと言われたが。

「本当は食べたくて仕方なかった。だが、これまできみと私は別次元の生物だった。だからきみが作ったものを食べることができなかった。そしてそれを伝えることもできなかった」

「別次元？」

「なにもかも説明できなくてすまなかった。試すような真似をして」

「そう……なんですか？」

「きみはオルフェオと話したことをうちあけてくれた。猫族たちと楽しく過ごし、自分にできることしかしなかった。そして私の言葉通り、真珠をすべて飲んだ。そして珊瑚も」

「え、ええ」

「これまであの真珠や珊瑚を渡したものは、あまりの豪華さとあまりの美しさにこっそりと持ち物にしようとした。決して食べることはしなかった」

そんなこと考えもしなかった。そもそもこれまで宝石など手にしたことがなかったのだから。

「もしきみが真珠を口にしていなければこれから先の世界に入ることができない。普通の人間なら一分もいれば死んでしまう場所だ」

「そう……なんですか？」

「心が清らかでない人間だと、真珠は効果がなくなる。だから説明できなかった」

「……っ」

「それもあるが……臆病《おくびょう》だったんだ。うちあけたところで、きみの清らかさが変わることがないのは、薄々わかっていた。でもそうした垣根を作らないと、私自身、この暴走する気持ちを止められなかった。私のなかで相反する思いがいつもぶつかりあっていたんだよ。きみを犠牲にしたくないという気持ちと、それでもきみが欲しいという気持ちが」

「どうして……」

「きみが好きだから。どうしようもないほど愛しているから……どの道に進むのが最善なのか……迷ってばかりで。不思議だろう、いつもこんな感じなんだ」

彼はリアンの手を取り自分の胸に近づけた。衣服越しではあったけれど、彼の緊張とドキドキとする心臓の音が手に振動となって伝わってきた。

――シグさま……。

胸が熱く疼く。この人はこんなにも緊張している。嫌われてないかこんなにも案じている。その一途な想いが愛おしくて目に涙が溜まってくる。

「どうして泣く?」

「うれしくて。とてもとてもうれしくて涙が出てしまいます」

そう言葉にしている側から、ぽろぽろと涙がこぼれ落ちてきた。そのとき、リアンははっとした。涙の粒が床に落ちると真珠になったからだ。

「え……」

信じられない。涙が真珠になるなんて。しかもものすごく美しい真珠だ。

「真珠姫の涙は……真珠になるんだ」

ここで生きていくことのできる肉体。その変化の印のひとつのようだ。

「さあ、おいで。案内しよう」

シグに手をとられ、ドームのなかを進んでいく。不思議なことに身体が地上にいるときよりも軽い。ここは水のなかではなく、空気もあって、地上と変わらないはずなのに右足の痛みがない。

「さあ、行こう。これからはきみも自由に散歩できるんだよ」

「え……」

「ここをこうして通りぬけるんだ」

シグがガラスのドームに手のひらを当てると、そのままスッとふたりの身体がそこをすり抜け、海中へとでていた。

「すご……」

息が苦しくない。視界も良好だ。どうして——と啞然《あぜん》としているリアンに、シグはいたずらっ子のように微笑した。

「驚いただろう、このためにきみは毎日真珠を飲んでいたんだ」

何と、こういう意味があったのか。驚いた顔のまま上方を見あげると、魚たちが泳いでいる。ふたりを覆うように。

「魚は鳥、珊瑚は木々、貝殻は花だと思えばいい。きみはもう海の底でも呼吸ができる」

リアンはシグに手をとられ、珊瑚の森を縫うように遊泳していった。冷たさもなにも感じない。しかも海の底なのに月明かりだけで視界がひらけている。

「信じられない、こんな世界があったなんて」

思わず言葉を出してみたが、違和感なく話をすることができる。

夢でも見ているのだろうか。自分が海の底を歩いているなんて。いや、歩くように泳いでいるなんて。しかも海水に包まれている感覚がこれまでとはまったく違う。

とても心地の良い春風のぬくもりに包まれているようなとでもいうのか。

「そしてこの先にある宮殿が我々の暮らす場所だ。なかは、地上のようになっている」

シグの声も地上と同じように聞こえる。

「あれは？」

ふわふわと雪のように、花びらのように、幻想的に浮かんでいるいくつもの生き物がいる。あれが明かりを反射しているから、海の底もとても明るいのかもしれない。

「あれは、メドゥーサ――海月《くらげ》だ」

「海月……」

メドゥーサ――古代ギリシャ神話で、頭が蛇で、見た者をたちまち石にしてしまう怪物と言われている。

「あれも、蛇のようにうねった触手がたくさん生えているものもいるし、触れただけでショックを受けて身体が硬直してしびれたり、死んでしまうこともあるので人間社会ではそのような名前がついているのだと思う」

質問したかった答えを彼が代わりに教えてくれた。

「だが、彼らと共存している我々は、メドゥーサに触れたところでしびれることもなければ、死んでしまうこともない」

「あんな綺麗な生き物が存在しているなんて知りませんでした」

「ここでは猫たちのように水陸両方で生活できる生き物もいれば、宮殿のなかに入ることはできないが、クラゲや魚たちのように海でしか生きられない生き物もいる」

「あの青い光は？」

「あれは海蛍だ」

星の光のように煌く小さな青い光。無数の小さな発光生物の光が海の底の宮殿やその周りの庭園を青い光で幻想的に浮かびあがらせている。

貝殻の大きな時計の横には噴水がある。白い珊瑚でできているようだ。その周囲にはアポロンやアルテミスといったギリシャ神話の彫像が並んでいる。

ああ、何と美しい空間だろう。

薄い青だったり、濃い蒼だったり、ちょうどいい紺碧《こんぺき》だったり、淡い水色だったり……そんな光がきらきらと煌めいている。

すべてが青に染められたあまりにも幻想的な空間に、本当に夢でも見ているのかと不思議な気持ちになってくる。

ここが蒼の王の世界、そして自分が暮らしていく世界……。

「宮殿に入る前に、この聖なる場所で先祖たちに伴侶の報告を」

大理石の宮殿の前に、聖なる場所と呼ぶのにふさわしい祭壇があった。ドーム型の屋根を八本の円柱が支えている建物――ロタンダ。

とても不思議だ。

「……海の底にこんな世界があるなんて」

ボッティチェリの『ヴィーナスの誕生』のような、大きな貝殻が時計になっている。その周囲には、同じ画家の『プリマヴェーラ』の絵のように木々や花があふれているが、目を凝らして見ればすべて珊瑚や貝殻だ。それに色鮮やかな小さな魚たちが鳥のようにそこを泳いでいる。

よく海底に沈んだ古代神殿や文明の遺跡があると言う話を耳にしたことがある。けれど誰もそこまでもぐったことはないし、よく晴れた日に透けた海の底にそれらしきものが見えるという話しか聞いたことはなかった。

おそらくきっとこれがその世界なのだろう。

その先には地上とは違う、失われた古代神殿のように大理石でできた宮殿があった。

「お待ちしておりました。お部屋のご用意ができています。今日は、この海にとって最高に幸せな日、蒼の王と真珠姫さまの婚姻の日ということで、海の生き物たち全員が喜んでおります」

アンジェロが現れ、うやうやしく二人に頭を下げる。

その向こうにはオーロとラーメ。彼らもペコリとお辞儀をした。

「ようこそ、海の世界へ、リアンさま」

「リアンさま」

海の底に猫たちがいるのがとても不思議だ。みんながとても素敵な笑顔を浮かべてくれていることがリアンにはうれしかった。


「……ここがこれからきみと私が過ごす部屋だ」

使用人たちから祝福を受けたあと、シグはリアンをふたりの部屋に案内してくれた。宮殿の最上階の、ガラスドームの天井に覆われた部屋だった。

ピンク色の珊瑚でできたダイニングテーブルと椅子、ブルートルマリンやガーネット、エメラルドが埋めこまれた水晶の書棚には、たくさんの本が並んでいる。

部屋のなかは珊瑚と貝殻型のランプが並べられ、外からの月の光を反射して、虹色の優しい虹彩を揺らめかせている。

そして部屋の中央には、大きな貝殻でできたベッドが置かれていた。貝殻の内部のような、やわらかくふわふわとした毛布が敷かれていて、そこに横たわると、海が夜空のように見わたせるようだ。

「素敵……こんな幻想的な空間に住めるなんて」

リアンはベッドの傍らに立ち、頭上を見あげた。

魚も海月も海蛍も貝も……あらゆるものがこの海のなかで生きている。海――蒼の王とつながったそれぞれの命――に守られているような、とても神聖で、厳かな気持ちになった。

「シグさま、真珠姫にしてくださってありがとうございます」

リアンはシグを祈るような眼差しで見つめた。

「生きる喜び、命の尊さ、愛し愛されること……ぼくはあなたのところにくるまで、なにもわかっていませんでした。ここであなたと人生をともにできることに心の底から幸せを感じています」

「リアン……私もきみと出会えて本当に幸せだよ。ありがとう、ここまできてくれて」

シグはリアンを抱きよせ、そのままベッドに移動した。

「ここで……愛しあうのですか？」

ちらりとガラスの天井を見たリアンに気づき、シグは淡く微笑した。

「残念ながら向こうからこちらは見えない。本当は……こんなに強く真珠姫を愛していると、海の生命体すべてに教えたいのだが」

「ぼくは……どちらでもいいですよ」

「……かわいいな、きみは。その一言一言に……また恋をしてしまうではないか」

ふっと目を細めたシグに抱き寄せられ、慈しむように唇を吸われる。初めてのくちづけに鼓動が高なった。

やがてシグはリアンの衣服を脱がすと、自身も生まれたままの姿になって身体を重ねてきた。

「……」

とてもあたたかい。ふたりの肌と肌が触れあうと、心の奥が静かな湖面のように透明になっていく気がした。

「リアン……大好きだ、愛している」

低く優しく、子守唄のように、シグの声が耳に溶けていく。それだけで蕩《とろ》けそうになった。

海の底にある宮殿の、二人だけの広い寝室。さえぎるものがないドーム型のガラスの天井の向こうには夜の海が夜空みたいに広がっている。

「……ぼくも……好きです……愛しています。この一年だけで……十分に幸せなので……その間、ぼくをたくさん愛してください」

「ああ、命あるかぎり」

「ぼくも……ぼくも同じように」

リアンは笑顔で答えた。

「ありがとう、いじらしい子だ」

ふたりの愛は、海のように広く深く、そして透明な美しさに満ちている。そう感じた。

「きみは……どこもかしこも優しい皮膚をしているね。真珠のように綺麗な肌の色だ。なのに、ここだけ珊瑚の色をしている」

シグの指先に小さな乳首をつつかれ、リアンはふるっと身をふるわせた。ぞくりとした快感のようなものが背筋を駆け抜けていき、あまりに気持ちがよくてびっくりした。

「……あ……っ……」

「リアン……ここが感じやすいのか」

感じるというのは、気持ち良くなるということだろうか。

「はい……すごく」

すごい。気持ちいい。こんな感覚、初めてだ。愛しあうというのは、心の喜びだけでなく、肉体のどうしようもない甘美な心地よさに満たされるものなのだと初めて知った。

「……ああ……あっ！」

ガラスに包まれた海の宮殿に、思ったよりも自分の声が大きく反響して恥ずかしくなってきた。さっきは誰に見られてもいいと答えたが、こんな甘ったるい声を出して、悶えている自分をガラスのむこうにいる海の生物たちに見られるのはやっぱり恥ずかしい。

とても幸せで、とても気持ちいいけれど。

いつしかリアンのひざを腕にかけ、シグは静かに内部に進入してきた。

「あっ……あぁ……っあ……あぁ」

体内に挿りこんできた彼の性器の圧迫感に驚き、リアンは思わずその背に爪を立てた。内臓まで支配されるような感覚に包まれる。

「ああ……あっあぁ」

リアンは大きくのけ反り、シグに懸命にしがみついた。

どくどくと彼のものが体内で脈動している。それを銜《くわ》えこんだリアンの粘膜に甘い痺《しび》れが広がり、だんだんその辺りも気持ちよくなってきた。

「ん……ああ…………っ……そこ」

どうしよう、彼のいる場所がたまらなく熱い。それにこすられると、とても心地いい。

「……あっ……あっあ……ああっ」

貝殻のベッドが軋むたび、視界が揺れる。自分が揺れているのに、世界が揺れているような錯覚を抱く。

天井に魚影の群れが見える。海月や海蛍の姿も。見えていないとはいえ、こちらからは見えてしまうのでやはり恥ずかしい。

なのに、もっともっととリアンの肉体はシグとのつながりに歓喜している。

「あ……あぁっ……んんっ、あぁっ」

やがて凄まじい絶頂感がリアンの身体をつらぬく。そのとき、体内にシグの精が放たれるのがわかった。すごい、そこからも蕩けてしまいそうだ。今、シグと融合している。熱い粘液がリアンの体内に溶けていくその感覚が愛おしくて仕方なかった。

愛しあって、溶けあって、自分たちは何て幸せなのだろう。

こうして子供が誕生するのか。こうして新しい生命を芽生えさせるのか。

そんな実感に胸がいっぱいになり、リアンの眸から涙が流れ落ち、貝殻のベッドに白い真珠が散乱していく。

「ありがとう……私の家族、私の花嫁、私の妻……」

愛しているよと耳元でささやき、シグがほおにくちづけしてくる。深い愛に全身が満たされるのを感じながら、リアンはシグの背を抱きしめ続けた。


「……リアン、少し散歩に行こう。あのロタンダまで」

愛しあったあと、肉体的にはとても気怠《けだる》くなったものの、そのまま眠るのを惜しく感じていたリアンの気持ちが伝わったのか、シグはリアンの手をとってドームの外を案内してくれた。

「あんなことさせてしまったが……辛くなかったか？」

心配そうに問いかけてくるシグに、リアンは笑顔で「いいえ」と答えた。

「気持ちよかったです、とても」

「本当に？　なら、よかった」

「あなたはどうでしたか？　ぼく……くちづけもなにもかも初めてなので……うまくできたか不安なんですけど」

「私は……最高に幸せだった。それに私もなにもかも初めてだから」

「え……そうなんですか？」

「先祖の記憶で学んではいたが……実際に経験するのは初めてだ。だからあまり自信がなくて」

リアンから視線をずらし、少し恥ずかしそうにしているシグに胸がきゅんと疼いた。

海の神なのに、こんな愛らしい顔をするのか。魔性の生き物として、実際に会うまではどんな恐ろしい姿をしているのかと思っていたのに、最高に美しくて凛々しくて、でもとてもかわいいところがあるのだと知って、ますます彼への気持ちが強くなりそうだ。

「昨日もきたが、ここは私が一番好きな場所なんだ」

白いロタンダまでくると、シグは月の光の筋がちょうどふり注いでいるあたりに行き、後ろからリアンを抱きしめた。

「……っ」

どうしたのだろう、ふっと不思議な映像がリアンの脳裏をよぎっていった。

ゆっくりと海のなかを遊泳するように浮いている自分とシグの姿を、どこか別の場所から見ている自分がいるような感覚があるのだ
ふたりの髪も衣服も海のなかで揺らめいている。

二人を祝福するかのように浮遊している海月たちが光のダンスを踊っているようだ。

ヒトデや貝までもが海の底で踊っているように見える。

ゆらゆらと揺らめく海藻。きらきらときらめく海蛍。

リアンの眸からこぼれた涙が真珠になり、海のなかで雪のように揺らめいている。

後ろから首筋にキスを受けながら、ふわふわと遊泳している。

月が一筋の光となって二人を包んでいる。

海そのものが息づいているのか、水流が皮膚に触れる刺激が心地いい。えもいわれぬ妖《あや》しくも甘美な感覚に包まれ、またシグに愛されたくなってしまう。

ううん、違う、ただ身体を重ねているだけなのに、魂と魂とが結合してまたここで結ばれているのがはっきりとわかる。

不思議だ。人間同士ではないせいか、人間と海の神――種の違いを超え、二人の魂がここで結ばれている。あらゆる生命を育むこの海のように、すべてを呑みこむように。肉体と肉体との結合ではなく、魂と魂とが深い部分で溶けあっているのだ。

「……とても不思議ですね、深いところであなたとつながっている気がします」

「私もだ」

身体全体がやわらかで優しい生命体に守られているような、得体の知れない甘やかな気分になってくる。海と一緒に呼吸をしているような気がしてとても幸せだ。

「今も……あなたが体内にいる気がします」

「私もだ、きみのなかにいる気がする」

シグが後ろから耳元にキスをしてくる。ああ、ただそれだけなのに、なぜか体内に再び熱いものを放たれたような不思議な錯覚を抱いてしまう。

古代からずっと続いているという海の神殿ロタンダ。目の前にあるすべての存在が遥かな時間を超えて存在してるということ、そして今、そこに自分がいるのだという不思議さに胸が震えた。

「なつかしい感じがする」

「私もだ……ここは心が一番おちつく。多分……先祖の記憶のせいだ」

「え……」

「千年前、ここで……蒼の王と真珠姫は初めて結ばれたんだ。こんなふうにして」

あの絵本のなかの二人がここで？

「当時の蒼の王は、私ほど人間化していなかったから、海のなかでしか愛しあうことができなかったんだ。ここにいると、私の肉体の奥に眠っている先祖の記憶がよみがえってくる」

だとしたら、今さっき、脳裏をよぎった光景はここにいるシグと自分の姿ではなく、初代の蒼の王と真珠姫だったのだ。

いや、これまでのすべての「ふたり」の永遠なる想いなのかもしれない。

この聖なる場所で結ばれた魂が次の魂を紡ぎだす。そのくりかえしの愛の記憶が強く残っていて、今、ここにいる自分たちを祝福しているのだ。

だから、シグとふたり、こうしてゆったりロタンダの近くをたゆたっていると、この場所に残された強い感情が胸の内側になだれこみ、あまりの狂おしさに涙が出てくるのだろう。

それが彼の言う先祖の記憶なのかどうかわからないけれど、そんな気がした。生きている人間の感情と同じようにはっきりとした、切なくも一途な愛の想い。

一年後、自分が消えたあともそれがここに残るのだ、永遠に。

地上で生きる人間であることから解かれた夜、海で生きていく真珠姫となって蒼の王と結ばれたこの夜に。

リアンはそんな「永遠」とのつながりが静かに自分の内側に広がっていくのを感じていた。


それから毎日、シグは宮殿の近くにある集落を案内してくれることになった。

「まずは猫族の村を訪ねよう。きみを紹介したい」

アンジェロ、オーロ、ラーメの出身地——猫族の村は、シグの宮殿からほんの少し先に広がっている海底神殿の洞窟《どうくつ》にあるらしい。

彼らが大好きだという、地上の食べ物のセット、子供たち用の猫じゃらし、それから毛繕いがしやすいコームをたくさん用意した。

地上にある「海の孤城」には、毎日、アンジェロが出勤し、元首との書簡とのやりとりや使用人たちに指示出ししなければならず、オーロとラーメはリアンの世話係として海の底での仕事があるため、帯同しない。なので、三人は村にはもどっていない。

「オーロとラーメから聞いています」

猫の頭をした長老夫妻が現れ、彼らの村を案内してくれる。人間の村と変わらない。エプロンをつけて海の果実を集めている猫型の娘たち。建物を修復している大工たち。鳥の代わりに小さな魚たちが集落の上のほうを舞っている。

ええっ、なんなんだろう。この夢のようにかわいい集落は。

「オーロとラーメは、ちゃんといい仕事をしていますか？」

長老が心配そうに問いかけてくる。

「とても助かっています。ぼくはふたりが大好きです」

「よかった、あの子たちもあなたが好きだと言ってましたよ」

猫たちの村は、本当に全員が猫の頭をした人型の村だった。つりあがった目、ちょっと気まぐれそうで、それでいて意外と甘えん坊な雰囲気が人間の世界にいる四つ足の猫たちとも似ていた。

「ここ、アンジェロのような人間の姿をした猫はいないんですね」

「ああ、人型の猫はヴェネツィア本土で暮らしている。我々の衣類や海の孤城の家具などを整える仕事をしている。きみがいたときの食材を集めたり」

「海のなかに猫の村があるなんて……夢のようです」

「驚くのはまだ早い。このあと、ウサギのところ、明日は犬の集落に行くんだ」

「……っ」

想像しただけで顔がほころんでしまう。猫もウサギも犬も大好きだ。

次に訪れた村で出迎えてくれたのはウサギの頭に身体が人間というウサギ型の人間だった。ここでも衣服を着た二足歩行のウサギたちが農作業をしたり、手工業をしたりしている。

「ほお、かわいい真珠姫だねえ、蒼の王さまは幸せだねえ」

ウサギたちにもリアンは好意的に受け入れられたようだ。時計職人、ランプ職人……ここは技術的な職人が多い。

「……明日は、犬族のところに行こう。犬たちもきみを気にいると思うよ」

「だったらうれしいです。ぼくも大好きです。でもぼくが気にいられているというのは、あなたがみんなから慕われているからですよね。ぼくはあなたの伴侶だから」

「それだけじゃない。きみが彼らを心から受け入れているからだよ。初めて見るはずの種なのに、不思議な眼差しもむけないし、奇怪なものを見るような目もむけない」

そう言われたらそうだ。たしかに、そんな目をむける人間もいるかもしれない。

「考えたこともなかったです」

自分のほうが変な目をむけられることが多かった。道を行けば歩き方が変だと言われたし、伯爵家では汚い格好をしていると使用人たちから呆れたような目をむけられた。自分がされたら嫌なことを他者にしたいと思わないというのもあるけれど、なによりもシグが大好きだから、彼の世界で生きているすべての生命がかけがえのないものに思えるのだ。

　そうした大切な相手に情愛の眼差しをむけることはあっても、相手が気を悪くするような視線をむけることはしたくない。

「ここに存在しているすべてがぼくには愛しいから。みんながぼくを少しでも好ましく思ってくれたら、お互いに両思いになれて素敵です」

　伯爵家での辛かったことも、心が折れそうになっていたことも、今、ここでこうして生きるために必要な経験だったのかもしれない――そんな気がした。だからこそいろんなことに感謝できるし、一つ一つの生命への愛おしさを噛みしめることができる。

　真珠姫として海で生きること――元首の命令できたけれど、最終的にはここで生きたいという自分の意思でやってきた。それを誇らしく思う。

「ぼくも海で生きることを選びましたが……海でも陸でも……ということは、彼らも自ら海での生活を選んだんですね」

「そうだね。みんな、地上からはいなくなった。こちらでのほうが暮らしやすいらしい。仲良くできそうか？」

「したいです。あ、他の動物もいるんですか？」

「ああ、クマは北の海に、ライオンは南の海に、トラは東の海にいるが、このあたりは猫とウサギと犬だ。基本的に馬や牛といった家畜になる動物はいないが、もっと南の大きな海には有蹄類《ゆうているい》に近い種族のザトウクジラやマナティーという、海の生き物もいるそうだ」

見たことのない生き物は想像できないけれど、クマとライオンはわかった。遠くというのはどのくらい遠くなのだろう。

「あ、じゃあ……人間の姿の者は？」

「蒼の王と真珠姫だけだ」

ボソリとシグが呟く。

「人間には、こちらの世界のことを知られないようにしている。海は世界中につながっているからね、穢れがはいりこむと調和が乱れるんだ」

ここで暮らせるのは、穢れのない魂だけ。

「だから人間は無理なんですか？」

「でも人間は海に近づこうとする。いつか海底にも彼らの国ができるかもしれない」

人の形をしていながら穢れていないもの――シグこそがそうだと思った。このひとといると、怖いくらい厳かな気持ちになる。

彼は人と違う能力も多いが、ほとんど地上にいる人と変わらない。

だが、海の中で普通に呼吸ができ、普通に動くことができ、また海の生物達と心を通わせることができる。

やはり神だと思った。神しか暮らせない場所……ここはそんな世界なのだ。

「――リアン、きみの母親のことだが」

海で暮らすようになってどのくらいが過ぎたのか、そろそろ子供ができるころではないかと思っていた矢先、シグはアンジェロからの報告を伝えてくれた。

ドームのなか、ふたりの寝室でリアンが本を読んでいるときだった。

「きみの義母アニータが出入りしている修道院にそれらしき場所があった。監禁されているとしたらそこだろう。ヴェネツィアの本島の外れにある場所だが、奥まっていて、海から訪ねることはできない。そもそも女性の修道院に男性が入ることは不可能だ。戒律も厳しく、外部との連絡は一切遮断されている」

「では……こちらから確かめることはできないのですか」

「そこにきみの母親がいるのだとしたら、自由にし、生活の保証をして欲しいと新元首に書面を送った。もちろんこちらからもヴェネツィアに有利になる交換条件を出した」

「……そんなこと……あなたに迷惑をかけているのでは」

「迷惑だなんてとんでもない。これは私の喜びだ。言っただろう、きみを笑顔にするためなら何でもすると」

不安だ、オルフェオとそんな交渉をして、このひとに不利益なことがあるのではないか——胸に暗い影が落ちる。リアンに密偵をするよう言ってくるような人間だ。生贄の風習をやめたがっている。彼の真の狙《ねら》いがわからないのに。

「どうしよう……あなたが困ったことにならないか」

「どうしたんだ、急に」

「母が生きているなんて……もしかすると罠《わな》かもしれない」

「そうだとしてもきみの母親が生きているなら助けたいじゃないか。私には母はいない。せめてきみにだけでもと思うのはだめか？」

いいえ、とリアンは首を振った。

そうか、蒼の王は誕生する前に母親を失う。親の魂の代わりに誕生するのだから。このひとは家族というものを知らない。

「ふたりに子供ができる前に、きみの母親に会いたいんだ。会って……きみをどれほど愛しているか伝えたい」

その笑顔があまりにも清らかで泣けてくる。このひとの魂は真っ白なんだ。純粋で、無垢で、何の穢れもない。彼のその気持ちをどうすれば守れるのか。

「そうだ、その修道院にぼくがたしかめに。ぼくなら地上に……」

「危険だ」

「え……」

「きみはもうこちらの世界の人間になってしまった。長時間、太陽の下にいると体調が悪くなってしまう。新しい元首には私のほうからしっかり交渉するから、きみはなにも心配しないで」

「だけど……それが心配で」

「私は不死身だよ。すぐに干からびたりしないから」

意味がわからず目をぱちくりするリアンに、シグはキスをしてきた。

「というふうに言われているが、実際、太陽の下に長くいたことがないからよくわからないんだ。だが跡形もなくなった話を聞いたことがある。もうずいぶん前の話だが」

彼の先祖は海の神のひとりで、地中海の王国の統治をまかされていた。

海と魂とが直結し、その心次第で天候を左右することができ、「蒼の王」と呼ばれ、海の生物たちと幸せに暮らしていた。

だが、人間と結ばれなければ子孫ができないため、歴代の蒼の王は六十年に一度、少年少女をさらって無理やり犯して、命とひきかえに子供を誕生させてきた。

人々が反発すると、海は荒れ、嵐が吹き荒れた。その恐怖のなか、ヴェネツィアを建国した元老院は、蒼の王に訴えた。

六十年に一度の、次の「蒼の王」誕生のとき、聖なる少年か少女をさしだす。その代わり、海の安全と平和を約束して欲しい、と。

『ヴェネツィアを守る人柱を送る代わりに、平和を与えてもらう。国を守るため、必ず一人の人間をささげる』

蒼の王は人間を襲うのをやめ、代わりにその相手に真珠を与え、海のなかでも生きられるようにした。そうして一年間過ごすうちに真珠を体内に宿すようになり、やがてそこから新しい命が誕生するようになったのだ。

そして真珠が弾け、海の泡になると、新しい命が誕生する。

それをくりかえしているうちにいつしか蒼の王の伴侶は「真珠姫」と呼ばれるようになり、「蒼の王」はより人間に近くなっていったとか。

ヴェネツィア共和国と契約したことで子孫の確保は安定したものの、いろんな制約に縛られるようになった部分もあるとか。

「先祖たちには人間らしい感情がなかった。陸上では一分も過ごせなかったようだ。息苦しくなり、身体が乾燥し始める。だが私は違う。一時間や二時間くらいは平気だし、半日くらいなら何とか過ごすことができる」

「何とかというのは？」

「少しずつ動けなくなる。そして一日も経てば跡形もなくなるらしい。昔、どこかの海にいた王たちがそうして消滅した話を聞いた。それ以外にも海を穢してしまうと、海の王は力を失い、消滅してしまうそうだ。たとえば戦争に協力し、海を血で汚した王も……」

「海難事故は大丈夫でも、戦争はだめなんですか？」

「そう、醜い魂、醜い血で穢すことはできないんだ」

どういう摂理で海の王が存在しているのかはわからないが。

「え……では、万が一、蒼の王がいなくなることがあったら」

「そうなったら……地中海は……どうなるのか……いや、どうもならないだろう」

「どうもならない？」

「ああ、王の消えた海も変わらず存在している。ということは、私が存在しなくても、この海は存在するということだ」

「でもそうなったら、地中海の平和や安全は？」

「そう……だな……どうなるのだろう、この世界は……」

シグはリアンの手をとり、ドームの外にでた。そして珊瑚が森のようになった場所を進みながら、あのロタンダのところまでやってきた。

「きっと大丈夫だ。近い将来、人々は海も征服するだろうから。そうなったら、蒼の王など必要なくなるはずだ」

「え……」

「やがて人々は、空を支配できるようになるだろう。そして二、三百年後には、宙にも手が届くまでに進化する。といっても、どのみち六十億年後、海は太陽の光によって蒸発し、地球に吸収され、やがてなにもかもが消滅してしまうが」

「……六十億年後……そんな先のことなど想像もつかないです」

「私もだ」

涙がこみあげてきた。涙ではなく、真珠がぽろぽろと流れ、海の底にたゆたっていく。

「どうしたんだ?」

「怖くなって」

「私が?」

「いえ、未来が。何億年も先のことを考えたら、こうしてあなたと一緒にいるひとときの全てが本当に大切に思えて。この幸せがあとわずかしかないと思うと」

「そうだな。ひとときの幸せをくれ」

「ひとときが永遠になりますように」

そうして神殿のなかで抱き合ったとき、ふいに胸が苦しくなってきた。どうしたのか、息が苦しい。いや、息ではなく、胸のあたりがムカムカとしてきてリアンはロタンダの柱に手をつき、もたれかかった。

「どうしたんだ」

「ごめんなさい……何か気分が……」

「大丈夫か、リアン」

後ろからシグがリアンの肩に手をかけたそのとき、ふっとなにか不思議な既視感を覚えた。現実には見えないはずの、なにか半透明の映像が思い浮かび、リアンは身体を痙攣《けいれん》させた。どうしたのだろう、何かが思いだせそうで思い出せない。

「カーニヴァルのとき……ロクム……何だろう……あなたに会った気がする」

「……リアン……まさか」

「どうしたんだろう……変なんです、仮面をつけたあなたが見える。ヴェネツィアのリアルト橋に……仮面をつけたあなたがいて……ああ、でも胸が苦しくて……これ以上は」

「リアン……」

後ろからシグが強く抱きしめ、リアンの腹部に手を重ねた。

「きみ以外の鼓動……きみ以外の人間の存在をここに感じる」

「鼓動？」

驚いてリアンがふりむくと、シグが手を離す。ふっと海中で浮きあがりそうになったリアンの腹部を抱き寄せ、彼がそこに顔を埋めてくる。

「ここに……新しい蒼の王の命を感じる」

「ここに赤ん坊がいるのですか？」

では、二人の赤ちゃんが？

「そう、私にはわかる」

「ああ、うれしい」

リアンは微笑した。

「目を瞑《つぶ》って」

目を瞑ると鼓動を感じる。本当だ。素晴らしい贈り物がこの体内で芽生えようとしている。

「私も初めてのことなので詳しいことはわからないが、先祖の記憶によると、初めのうち母親の体内で育ち、安定期に入ると貝殻に移動し、泡になった親の魂を吸収して誕生するようだ。諸説あるようだが、それだけは間違いない。私も貝殻から生まれたから」

「人間とはずいぶん違うんですね。不思議です。この身体から貝にいつどうやって移動するんですか？」

「私も真珠姫も海の一部として、生命体そのものがつながっている。魂が居心地のいい場所に移動するのだと考えるとそう不思議でもない」

一つの生命体……。たしかにこのひとの感情が海と同調していることを考えるとあり得るかもしれない。その一部分に自分もいて、新しい命を育んでいるのだ。

赤ちゃんが誕生する。ああ、うれしい。でもぼくは会えないのだ、この命とひきかえに子供が誕生するから。

「怖いか？」

「少し……でも幸せです」

「気になることがあったら教えてくれ。何でもきみの望みなら叶《かな》えるから」

「ぼくの望みは、この体内で胎動している命を無事に誕生させることだけです。だから守ってください」

「もちろんだ」

「そしてそれまであなたの愛のすべてをぼくにください」

彼の声が聞こえてくる。

「そのときがきても淋しくないように。魂とひきかえに誕生するこの命。後悔はないし、覚悟もしている。けれどそれまでは、この限られた時間をあなたの愛で包んで欲しい」

「どれほど愛しても足りないよ」

「……」

ポロポロと真珠が流れ落ちる。

「きみはよく泣くな」

「ごめんなさい」

「いい、きみの涙が喜びの涙だから」

「哀しみの涙は……どうなるんですか?」

「どうにもならない、必要ないから」

シグの返事にリアンは微笑した。

「そうですね、ここは陸にいるよりもずっと幸せで……ぼくはここにきてから幸せ以外感じたことがなくて……」

「私もだよ」

ここはやわらかくてとてもあたたかい、海の深層部の水圧は陸上にいるときよりも心地いい。

「子供が誕生するまで、もっともっときみに海のことを教えたい。もっとここでの生活を満喫してもらいたい」

「安静にしていなくても大丈夫なんですか？」

「海が守ってくれる。だから大丈夫だ」

なにをしても、ここでは大丈夫だとシグは教えてくれた。

想像をはるかに超えた自由がここにある。

シグと手をつないでいると、自分の肉体が水の一部のようになっていることに気づく。

石畳を歩いているときよりもたしかにはっきりとした感覚で、けれど重力には支配されることなく、冬の空に舞う雪のように、ふわふわと海のなかを回転している。

互いの髪の毛は、海の藻にも似てゆらゆらと水に揺らめき、目と目があってリアンが彼にほほえみかけると、ふわっと小さな泡があふれだす。

「素敵だな、きみの笑顔」

シグは少しだけリアンから手をはなすと、その泡を両手でかき集め、慈しむような表情で抱きしめる。しかし彼の腕が抱きしめたとたん、泡は次々とはじけて割れていく。

「ああ、残念だ」

はにかんだようなシグの笑み。きらきらと煌めいている気がして、見上げれば薄い光が渦巻いていた。

「本当のぼくは泡みたいに割れないですよ」

手を伸ばすと、シグが手をつないでリアンを抱き寄せる。

夜、海のなかで手と手をとって、彼と遊泳するのが大好きだ。

くちづけをすると、また小さな泡が大量のシャボンのように広がり、ふたりのまわりに渦のように集まって水面へと伸びていく。

そんな優しい水流にたゆたう。彼とむかいあって抱きあいながら。

こうしていると二人の魂が互いのすきまを埋め尽くすようにとけあっているのがわかる。すべての輪郭が消え、魂だけが共鳴するような悦《よろこ》びだ。

そして胸の奥から湧き水のようにこんこんとあふれる愛。

キスをすると無数の泡がふたりの唇の間から水面へとあがっていく。足を動かしても痛くない。綺麗に水中を舞う花のように、ふたりが手と手をつないで水中で踊っている。

くちづけされながら、その背に腕をまわす。

お腹も空かない。安心して眠れる。それに、みんな優しい。

一生、誰からも愛されないより、一年間、幸せの国にいられることの喜び。

それに自分の命とひきかえに、この美しい世界の後継者を作れる。愛が形となる。

「ここにきて本当に良かった」

重みもない、痛みもない、つまずくこともない。

海のなかでダンスができる。ここでは自由に踊れる。足が痛くない。彼とダンスをするみたいに過ごす時間が愛おしくてしかたなかった。

「シグさま、シグさま、あのね、ベビーのためにベッドを作りました」

「作りました」

翌日、早速、オーロとラーメが貝殻のゆりかごを用意していた。

「ベビーが産まれます」

「産まれます」

「ぼくたちはベビーをかわいがります」

「かわいがります」

せっせと赤ん坊のグッズの用意をしているオーロとラーメを見て、アンジェロがあきれたように笑っている。

「こらこら、気が早い。せっかちだぞ」

アンジェロがこんこんと彼らの頭をたたく。

そんな光景を見ていると、赤ん坊が生まれたあと、ここでオーロとラーメにあやされている我が子の姿が見られないことにほんの少しさみしさを感じる。

——でも、その分、今を大切にしよう。最初からわかっていたことだ。

そう、オーロとラーメが自分の分も赤ちゃんを可愛がってくれるはずだ。だから、この時間を一秒一秒大事にしなければ。

「オーロ、ラーメ、ありがとう。そうだ、ぼくも赤ちゃんの服やシーツを縫うのを手伝うよ」

「わーい、じゃあリアンもベビーのおむつを縫ってください」

「縫ってください」

わくわくする。こんな毎日がずっと続けばいいのに……。

「──おいで、今日は遠出をしよう」

手をとられ、彼と一緒に、夜の地中海を旅する。

海のなかはうっすらと霧がかかっているような場所もあれば、どこまでもはるか彼方まで透明な場所もある。

「さあ、これに乗って」

現れたのは、二頭のイルカだった。ピーピーと鳴いている。つぶらな瞳がとても愛らしい。

「可愛いっ、乗れるんですか？」

「ああ」

あああ、信じられない。イルカの背に乗って地中海を散歩するなんて考えたこともなかった。

「楽しい。すべてがキラキラと光輝いて、あなたは優しくて生き物たちは愛らしくて、こんな幸せなことってないです」

「後悔していないのか？」

「後悔なんてとんでもないです。ここにこられてとても幸せです」

イルカが楽しそうに遊泳すると、さぁーっと泡ができ、それが月の光を反射して星屑のように煌めいて流れていく。

やがてひょこっとイルカが海面に顔を出したので、リアンもシグとふたりで海面に出た。夜空の冴え冴えとした月が、遠くの街を照らしていた。

「わあ……あれは」

遠くに煌めく街の姿。けれどヴェネツィアではない。

「あれは……ラグーサ共和国のドブロブニクだ」

「あれが」

有名な商業都市でもあり、有名な要塞でもある。

海の向こうに、ドブロブニクの城塞が見え、胸が熱くなった。

月明かりの下、黒々とした赤茶けた屋根に囲まれた美しい街が一望できる。

海の周りには渓谷が連なっていて、起伏の少ないドブロブニクから続くバルカン半島の広々とした世界を大切に包み込んでいるように見えた。

果たしてどこに行くのか。

一体、イルカたちはどのくらいの速さで泳いでいるのか。

海沿いに建つ小さな城塞都市や、海につづく島にある古代から続く町、それから白い石灰でできた教会があった。

「少し休憩しよう」

その白い教会の前の岩場に、二人で上陸した。

海の中ではないので、イルカたちは、その間、休憩している。

「地中海以外の海も知っているんですか」

「少しは……あとは本で」

彼はいろんな海の話をしてくれた。

ヴェネツィアの前のアドリア海を南に進むと大きな大きな本物の地中海へと出る。そこを東に進んでいくとエジプトという不思議な国があり、さらに北にギリシャ、そして母の出身国オスマン帝国がある。

その向こうには広大な大地が広がっているらしい。一方、エジプトの大地を少しだけ渡ると、紅海という美しい海が広がっているとか。

「赤い海ですか、行ってみたいです」

「赤い海にはこの海よりも恐ろしい生物がたくさんいるぞ。それ以前に、このアドリア海にはいない生物が地中海にもたくさんいる」

「恐ろしい生物ってどんな生物ですか？　ライオンですか？」

「……サメだ」

サメ……。よく知らないけれど、恐ろしい生物だと言う認識はなんとなくある。

「アドリア海にはいないホオジロザメ、ヨゴレザメ、ハンマーヘッド、ウミヘビ……」

「すごい、ぼく、そんな生き物と同じ海を泳いでいるのですね」

笑顔で言ったリアンをシグは不思議そうに見つめた。

「きみは……」

「え」

「きみに似た好奇心がいっぱいの優しい子が生まれるだろうな。海を恐れず、なにもかもうれしいそうに受けとることができる、奇跡のように愛らしい性格の子供……」

自分でも思ってもみなかった。こんなに世界にたくさんの面白いことがあって、それに自分が興味を持つとは。

ふたりは石段の上に座った。

静かに波の音が響いている。彼に肩を抱かれ、夜の海を見下ろす。

「ふ……」

そんな二人の姿を異国の教会の松明が照らしだし、真っ白な石灰岩の壁にゆらゆらと映しだしていた。シグはそのままリアンをギュッと抱き寄せた。

「シグさま……潮の匂いがしますね」

その肩に顔を埋め、リアンは呟いた。

「きみからはいつも甘いはちみちミルクのような匂いがする」

夜空には満天の星々。白い石灰の岩盤が続く高台の下には、星を宿したように煌めいている海が広がっている。

「静かですね」

「ああ」

「海は……シグさまそのものですね」

「ん?」

「静かでおごそかで……美しすぎて少し近寄りがたくて……深みにはまるのが怖いけれど、包みこまれるととても優しくて、あたたかくて……そしていつも守ってくれる……」

「それを言うなら……きみもそうだよ」

リアンのほおを手で包み、そっとシグがキスをしてくる。

「守られているのは私だ。たくさんの愛によって守られた命が私自身で、そして今、きみの愛に守られている。新しい命とともに」

「赤ちゃん……生まれるまで……ずっと離さないで」

「どうした？」

「ずっとずっと離さないで」

「もちろんだ」

たった一年。でもこれまで生きてきた十八年間よりもずっと幸せだ。

頭上から降りそそぐ眩い月の光。浴びるように照らされている。

「大好きだよ、リアン。ここで新しい命の音を聞いていいか？」

シグは身体をずらすと、リアンの膝にもたれかかって目を閉じた。

子供のような寝顔を見ながら、リアンは彼の髪を撫でた。かつてそうしてもらったときのように。

子供の誕生と同時にやってくる死。そんな未来さえも安らかに受け入れられそうな静けさに包まれている。眠っているシグの額にリアンはそっとキスをした。

「……リアン、元首から連絡がきた。私の出した条件を気に入ってくれたようだ。カーニヴァルの夜、母親に会うことができるぞ」

連絡がきたのは、子供の誕生をあと少しに控えたときだった。

——よかった、間にあった。ぼくの命が消える前に……。

シグがどんな交渉をしてくれたのかわからないけれど。

「せっかくだ、一緒にカーニヴァルに行かないか？」

シグとふたり、仮面をつけ、ヴェネツィアのカーニヴァルをのぞくことにした。

「リアン、これを」

シグから渡されたのは女性用のドレスと仮面だった。

「ぼくたちも行くよ」

「行くよ」

「私も」

アンジェロとオーロとラーメも一緒に。この日ばかりは仮面をつけ、仮装できるので、オーロとラーメは猫のかぶり物をしているという設定で、街を歩いていても変に思われないらしい。

「ああ、そういえば、きみたちのような格好の子供、カーニヴァルによくいるね」

「いるよね」

「よね」

誰もが身分を隠し、仮面をかぶって街にくりだしている。

二月のヴェネツィアは肌寒いのだが、久しぶりの地上での時間にいつもよりもっと空気が冷たく感じられた。

それでも月の光を浴びて煌めいているサン・マルコ広場はとても美しい。

金色の四頭の獅子が海からの侵入者をじっと監視するかのように佇《たたず》んでいる。

細い路地から路地。行き止まりに見えたかと思えば、さらにそのむこうに路地があり、広場に行き着くそんな迷宮のような水の都。

「チーズはいかがですか」

「そこのお兄さんたち、葡萄酒、飲みませんか」

近郊の村からの出稼ぎの屋台が声をかけてくる。残念ながら、もう地上のものは食べられないのだけれど、見ているだけでとても楽しい。

「あ……」

しかし思った以上に石畳が歩きにくくてリアンはすぐにつまづいてしまった。

歩き方が変だからか、周りの人たちから変な目で見られている。

「大丈夫か、リアン」

でもかまわない。と思った。

ここにいるのは義母や異母弟を恐れ、父から愛されないことに劣等感を抱いていた自分ではない。

オルフェオの儚《はかな》い友情に涙を流していた自分でもない。

足が悪いのなんてどうでもいい。ぼくは自由に生きている。幸せに暮らしている。

そしてぼくは愛されている。最愛のひとからとても深く。

それにぼくには子供がいる。まだ誕生していないけれど、もう今ごろは海の宮殿の貝殻のなかで赤ん坊の形になっているらしい。

そうしたことのすべてが自信となって、以前にここにいた自分とは違うことがわかる。

「では、リアン、明日の朝、迎えにくるから」

修道院の前までくると、リアンはシグと別れ、聖堂に入っていった。このあと、ここでミサが行われ、そこに母が現れることになっているらしい。

——ああ、本当にお母さんが生きていたなんて。会ったら、ちゃんと伝えないと。ぼくはとても幸せで、もうすぐ子供が生まれることを。

祭壇の前で手を合わせ、、リアンは子供が無事に誕生すること、それから自分がいなくなってからも蒼の王が幸せな人生を送ること、彼らの王国がずっと平和であること、そして母の幸福な未来を祈り続けた。

外はカーニヴァルの喧騒《けんそう》に包まれているのに聖堂のなかはとても静かだ。あとどのくらい待てばいいのか、真珠姫として海で暮らせるよう、肉体が変化してしまったリアンは、長時間、陸にいると少しずつ動きにくくなってくる。明日、迎えがくるまでは大丈夫だと思うけれど。

しかしどのくらい待っても母は現れない。明け方近くになり、そろそろシグが迎えにくる時間が近づいたころ、母ではなくダンテがやってきた。

「バカだな、リアン。何でこっちにもどってきたんだ」

「ダンテ……」

久しぶりに会う異母弟は、どうしたのか、顔色が悪く、精彩がない。以前のままの美貌ではあるものの、少し痩《や》せて、衣服も信じられないほど簡素で地味なものを着ていた。カーニヴァルのたび、これ以上ないほど華やかな仮装をしていたのに。

「このままだと、おまえ、処刑されるぞ」

「え……」

「でもオルフェオはまだおまえに未練があるようだ。泣いて媚びて奴に抱かれたらきっと許してくれるだろう」

「そんなこと。それにオルフェオはマルゲリータと結婚を」

するとダンテはくすっと笑った。

「そうだ、マルゲリータと結婚したとたん、我が家の財産を奪って元首になるため、あちこちに金をばら撒《ま》いたんだ。あいつはそれが目的でマルゲリータと結婚したんだよ」

公爵家は、元首だった父親とその後継者の長男が流行病で亡くなったあと、次男かオルフェオか、どちらかが元首になることになり、最終的に委員会で投票が行われた。そのとき、オルフェオは伯爵家の金で委員の多くを買収したらしい。

「財産を奪われ、父上も病気になり、母上は亡くなり……我が家はもうボロボロだ。ナポリ王家との婚約もなくなった」

あまりのことに驚き、リアンは言葉を失った。アニータが亡くなった？ 自分がいなくなってからそんなに変わっていたなんて。一気に没落し、その原因がオルフェオだなんて。

「こんな状況なのに、のこのこ出てきたりしてバカだな、母親のことなんて罠なのに。おまえの母親なんてとっくに死んでいるさ。あれは蒼の王をおびき寄せるための嘘なのに」

「……っ！」

「オルフェオが元首になってから、ヴェネツィアは大変な危機に瀕《ひん》している。このままだと滅亡してしまう。だから蒼の王を利用して、国を守ろうとしている」

「利用って……」

たしかに地中海最強の共和国だったヴェネツィアも今は見る影もない。フランスのナポレオンにほぼいいようにされ、今またオーストリーのハプスブルク家に脅威を感じている。

さらにオスマントルコの海軍が迫っている。その海軍からシグを犠牲にして国を守ろうとしているとダンテは説明してくれた。

――シグさまは基本的に人を疑うことはない。だから信じたのだ。これまでの元首との取引に罠や嘘などなかったから。

この千年、元首と蒼の王との間での契約に戦争なんて含まれていない。海の安全と平和の代わりに真珠姫との婚姻ということになっていたはず。

そうだ、戦争のようなことに蒼の王が加担したら、海を醜い血で汚したとして消滅してしまうと言っていたはず。

「シグさまに伝えないと」

驚いて外に出ようとしたリアンだったが、教会の周りはすでに軍隊に囲まれ、リアンは兵士たちに銃をつきつけられた。

「ダンテ、なにしにこんなところにきた」

オルフェオが現れ、あきれたような目でダンテを見つめる。

「ちょっとおまえの邪魔をしたくてね」

「余計なことをするとおまえも処刑するぞ」

「おっと、ぼくはさっさと退散するよ。リアン、じゃあな」

ダンテが去ったあと、オルフェオはリアンの腕をつかみ、聖堂の地下にある牢獄《ろうごく》に連れて行った。

「蒼の王はどこに？　ぼくたちをおびき寄せる罠だったなんて」

「我が宮殿にご招待した。蒼の王は、おまえのため、戦争に協力すると返事してくれたんだ」

「まさか」

「正しくは戦争とは伝えていないが。彼はおまえを愛しているようだね。だからおまえの母親を助けることを条件に、おれに力を貸すと約束してくれた。おまえはそれを喜ばなければいけない」

「ちょっと待って、どうしてそんな」

「蒼の王の力……海を自由にできるその力で、ヴェネツィア海軍に勝利をもたらしてもらうんだ。おまえを人質にして」

「やはりダンテが言ったように彼に戦争の協力を？」

オルフェオは冷笑をうかべた。

「そう、海の神を我が奴隷にできるなんて最高だよ。これでナポレオン軍もオーストリー軍もこちらから仕掛けて撃破できる」

リアンは激しい怒りをおぼえた。

「そんな……あのひとにそんなことをさせるなんて」

何てことだ。彼がオルフェオの奴隷になるなんて。そんなこと、絶対に許せない。リアンは自身のなかに生まれて初めて激しい怒りを感じた。この男を殺したい、そんな気持ちが自分のなかにあったなんて。ただそれよりも今は何としても蒼の王を守らなければと思った。

「その代わりおまえと母親に平和な暮らしをという条件だったが、母親はとっくにいないし、おまえをどうするかが問題だな」

「……っ」

え……。子供の誕生とひきかえにリアンは死ぬはずでは？

「とりあえずおまえはおれの愛人にでもしようか。処刑なんていつでもできる。蒼の王を虜《とりこ》にした、その身体、味見させてくれ」

「やめ……っ」

いきなり地下牢のベッドでのしかかられ、オルフェオに組み伏せられる。リアンに跨《また》がると、オルフェオは自分のシャツを脱いだ。

え……っ。

そのとき、リアンはハッとした。彼の身体に傷がないからだ。

「どう……して」

驚いて目をみはるリアンに、オルフェオが不思議そうに問いかけてくる。

「なにを驚いている」

「……腕にも胸にも……傷がない」

「当たり前だ。俺は痕が残るような怪我などしたことは一度もない」

「でも……海でぼくを助けてくれたとき……」

「怪我などしていない」

「……っ」

ではあれは誰だったのか。

「おまえを助けたのは、あの半魚人だ。俺は見たんだ。そしてあの化け物がおまえを特別大事に思っていることに気づいた」

「――――っ」

「あの男だ、人間ではない海の生き物、王だの神だの讃《たた》えられているが、ただの化け物じゃないか。海の底で生きていけるなんて」

「……」

「魚みたいなものだろう。代々元首だけが持てる資料によると太陽に当たると、干からびてしまうそうじゃないか」

オルフェオはおかしそうに笑った。

「千年以上も恐れていた神が、ただの半魚人だったとはな」

「違う、彼は神だ」

「神のくせに、干からびるのか。干物の魚のように。さあ、そんなことよりも早く俺のものになれ。蒼の王……いや、あの半魚人が悔しがるところを見たい」

「や……やめ……っ」

どうしよう。抵抗することができない。

「――っ」

そのとき、突然現れた二匹の猫が背中からオルフェオに飛びかかった。

「く……なんだ、この猫はどこにいたんだっ」

頭に乗った猫を振り払おうとしてもどうすることもできない。

「オーロ、ラーメっ」

彼らはその場で三銃士のような姿になり、後ろからオルフェオを叩きのめしてくれた。自由に猫に姿になれるおかげで入り込むことができたようだ。

「こいつ、本当に悪いやつだね」

「だね」

「ああ、絶対に許せない。でも今はとにかくシグさまのところに行かなければ」

失神したオルフェオをそのまま地下牢に閉じこめ、リアンは外に出ようとしたが、周囲を軍隊に囲まれていてどこからも出ることができない。

「どうしよう」

「海に、海に飛びこめばいい。リアンは真珠姫なんだから」

「真珠姫なんだから」

だが、この建物は内陸にあるため、どこから海に行けばいいのかわからない。

「さあ、早く」

「早く」

そのとき、地下の階段からマルゲリータが現れた。

「リアン、こっちの女子修道院に来て。なかでつながっているの。私なら入れるから迎えにきたの。

猫たちは猫の姿にもどって」

「どうして……きみが」

「お異母兄さんへの謝罪、ひどいことをしたから」

「マルゲリータ……」

「あなたを助けることで、私はようやくお母さまの呪いから逃れられるの」

マルゲリータは泣いていた。

「美しく生まれなかった私、あなたやダンテのような美貌を持たなかった。できそこないの娘、頭も良くない、何もできない……そう言われ続けて……哀しくて、いつも死にたいって思ってた」

彼女もまた傷ついていたのか。リアンとは別の形で。

「だから、お異母兄さんに親近感を抱いていたの。なのに。ひどい人間よね。あんなに優しくしてくれたのに。お菓子も大好きだった。絵本も、ありがとう。真珠姫のお話、大好きだった」

マルゲリータはリアンの手を取り、女子修道院の地下道に連れていってくれた。

「でも聞いて、ひどいことをしてきた罰が当たったのよ、お母さまは不治の病になって亡くなったわ」

「さっき聞いたよ……」

残念だったと言うべきかどうか。今となっては何と言っていいか。

「悪いことはできないわね。みんな、地獄に行くわ。私はこのままここの修道院に入るつもり。これでもしたたかだからうまくやっていけると思うの。許せないのはオルフェオよ。だから少しはあの男を困らせてやりたいの。さあ、早く逃げて」

「ありがとう、マルゲリータ」

「早くしないと見つかってしまうわ、急いで」

異母妹が扉を開け、リアンはそのまま海に行こうとした。

しかしそのとき、東の空が明るくなり始めていることに気づいた。急がなければ。太陽があがってしまったら大変なことになる。

特にシグは……。

「急ごう」

そのとき、がくっとリアンはひざをついた。どうしよう、動けない。

「……うっ」

もともと走れないけれど、呼吸ができない。苦しい。

だめだ、動けない。仮面が外れ、そのまま地面に倒れこむ。そのとき、牢から抜け出したオルフェオが追っ手を連れて現れた。

リアンは蒼白になった。

「さあ、そいつを捕らえろ。蒼の王を捕まえるための大事な人質だ」

冷ややかな声が反響する。そのとき、シグが現れた。

「オルフェオ、約束が違う。リアンを母親とともに自由にする約束では」

「シグさま、罠でした。ごめんなさい、ぼくがだまされて。もうとっくに亡くなっていたんです。だから彼の奴隷にならないでっ！」

「リアン、黙れっ、余計なことを」

カッとしてオルフォオが剣でリアンに切りかかってきた。

「リアン！」

次の瞬間、シグが腰にさしていた剣を抜き、オルフェオの剣を一瞬にして打ち払っていた。カーンという金属音とともにオルフェオの剣が壁にぶつかって石畳の上に落ちていく。

「……っ！」

オルフェオがはっとしたそのとき、シグの持った剣の切っ先がそののど元の前でぴたりと止まっていた。

「リアン、さあ、いくぞ」

彼の手が伸びる。もう大丈夫だ。しかしシグの顔色が悪い。今の戦いで疲れたようだ。一刻も早く海へ行かなければ。

そう思ったが、波止場にずらっと並んだ船の大砲がこちらにむかっていた。

海に飛びこめない。

シグがリアンを抱きかかえたそのとき、軍隊がふたりをとり囲んでいた。

どうしよう、このままだと。しかしもう気力がない。体力がなくなってしまっている。

シグさま、ありがとう、助けにきてくれて。でももうこれ以上は辛かった。

「リアンっ、リアン、しっかりしろっ！」

シグがリアンを抱きあげたそのとき、矢を放つ音が聞こえた。

「……っ」

オルフェオの背後から彼の部下が弓矢を放ち、それがシグの腕に刺さっていた。リアンを助けようとしたため、どうにもできなかったのだ。

「シグさまっ」

だめだ、これ以上ここにいたら。ああ、だけどどこにも行き場がない。完全に二人は囲まれていた。

シグは腕を負傷しながらも、リアンをかばうように抱いてた。

そのままリアンはシグの腕の中で意識を失った。

どうしよう、あなただけでも助かって欲しいのに。動けない……どうしよう。

そのとき、ふっとリアンは既視感を覚えた。

頭をよぎる映像があったのだ。

思い出せそうで思い出せなかったこれまでのこと。

そうだ、彼との出会い……。

あれは海で溺れたときのことだった。すっかり忘れていた。そして思い出したことによって、自分がどうすべきなのかもわかった。

嵐の夜、助けてくれたのはシグだった。

オルフェオではない。

オスマントルコの姫だった母は、カーニヴァルのとき、毒殺されたのだ。

アニータの裏切りによって。そして母は亡くなった。

その後、墓参りにいく途中、リアンは橋のたもとで苦しそうにしている青年に菓子を渡したのだ。それがシグだ。

その夜、ヴェネツィアに嵐が来て、海に投げだされたリアンを助けたのもシグだった。

高熱に苦しんでいるさなかに、口移しで薬を飲ませてくれ、手をにぎりしめ、「大丈夫」と言っていたのは金髪の彼だ。

「死んじゃダメだ」

「死ぬな」

「生きて、いつか家族になってくれ」

そう何度も耳元でささやき、この身体を強く抱きしめてくれたのは、まだ今よりも少し若かったシグだった。

嵐のなか、彼の腕や胸に船の破片が刺さり、怪我をしていたのを覚えている。それでも助けてくれたのだ。

血まみれになりながら、命も厭《いと》わず。

けれどその後の記憶は無い。気がつけば砂浜にいて、オルフェオが手を握っていたのだ。


「……っ」

いつのまに意識を失っていたのか。鼻腔《びくう》を突く黴《かび》の匂いと湿度にハッとして目を覚ますと、リアンはかつて自分が暮らしていた実家の地下室にいることに気づいた。

陽が当たらず、海水が浸水しているそこにいたおかげか、体力が元にもどっていた。

「シグ……シグさまは？」

どうして自分がここにいるのか。海は恐ろしく静かだ。シグの心が平穏である証拠だが、果たして彼はどこに行ってしまったのか。

オルフェオの軍隊に囲まれるなか、リアンは体調を崩して意識を失ったのだが。

『約束どおり、ヴェネツィア海軍に力を貸す。だからリアンを実家にもどして欲しい』

シグの声がうっすらと意識のなかに残っている。

やはりそうなのか、あのひとは戦争に力を貸す約束を……。

「だめだ、だめだ、だめだ……絶対にだめだ」

海は穢れを受け入れない。戦争に力を貸してしまったら、あのひとは蒼の王として海にもどれなくなってしまう。

シグのところに行かなければ。

リアンは使用人用の通用口から桟橋に出て路地を進んだ。

幸いにも今日は雨だ。あたりは薄暗い。運河を通って波止場までくると、軍艦の横に一艘のゴンドラがあった。そこでキリストのように鎖で縛られているシグに気づき、リアンはそっと近づいて行った。

「リアン、くるな。これからここは戦場になる」

軍艦の影になった桟橋から近づいたリアンに気づき、シグは首を左右にふった。ああ、腕からまだ血が流れている。手当をしていないのだ。

「シグさま、いけません、戦争に力を貸したらあなたは……」

「いいのだ。このままで。もうすぐ私は海の泡になる」

「え……」

「私の命はもうすぐ尽きる」

リアンは目をみはった。

「もう明日にでも次の蒼の王が誕生する。あの貝殻のなかから。だから」

「待って、どうして。あなたは不死身で、命が尽きるのは、ぼくのはずでは…」

するとシグは愛しそうにリアンを見つめた。

「親の命の代わりに誕生するという意味……きみは誤解している」

「え……」

「地中海を守る蒼の王はこの世界に一人……意味はわかるか？」

「――――っ！」

それはつまり……。

目で問いかけたリアンにシグはうなずいた。

「そう、私は最初から消える運命だったんだよ。不死身というのはもののたとえだ」

「……親の命って……まさか……」

「私のほうだ」

「――――っ！」

どうしよう、声が出ない。全身が震える。目からどっと涙があふれた。大雨が降っている。世界全体が泣いているかのように。

「真珠姫が死ぬ……って聞いていたのに」

「そう、真珠姫としての役割は消える。きみが食べた真珠が子供の誕生とともに身体から消えて泡となる。きみは記憶と同時に『真珠姫』としての魂、つまり肉体を失う」

そういう意味だったのか。そういう……。命ではなく、真珠姫としての肉体……。

「最後の最後に、きみと愛しあえて幸せだった。きみは子供が誕生したあと、海でも陸でも好きなところで生きていける。子供のそばでもそばでなくても」

「……」

「私は母も父も知らない。愛も知らない。きみと出会うまでなにも知らなかった」

「シグさま……」

雨が小降りになり、雲間からじわじわと太陽が顔を出そうとしている。シグはハッとした。

「いい、さあ、早く逃げろ。近いうちこの国はオーストリーに支配される。海の力ではもうどうすることもできない。陸の力で負けるのだ」

「え……」

「そのとき、オルフェオがきみを犠牲にするとも限らない。その後、人身御供《ひとみごくう》にするとも限らない。おそらくそうするだろう。だから安全なところに逃げて。猫たちと一緒に」

「そんな……」

「あの猫は私の愛する人を守るために生まれてきた者たちだ。きみと子供のために手助けしてくれるだろう。だから早く」

シグは透明な笑顔を見せた。すべてを浄化させたような、こちらを慈しむような眼差しに胸が痛くなる。

「だめです、戦争に加担しないで」

リアンは桟橋からゴンドラに乗り、彼の鎖を切れないか、それとも鍵がないかまわりを見回すが、なにもない。

「いいから。早く。きみも海に」

シグの言葉にリアンはかぶりを振る。

「いやです、一緒に」

この人を護《まも》りたい。子供のとき、精一杯助けてくれた。今度は自分が彼のために今度こそなにかしたい。

「お願い……それでもぼくのそばにいて。何でも望みを叶えてくれるって言ったのに」

リアンが責めるように言ったそのとき、ついに雨がやんだ。ああ、この雨も彼の心の現れだったのか、と頭のどこかで気づいた。

「きみの望み？」

「ぼくの望みは……あなたと生きることです。あなたと海の底で。ぼくのために、ぼくを守るために戦争なんかしないで」

そのとき、ゴンドラの背後にある軍艦の甲板にいたオルフェオがリアンに気づいた。あたりが明るくなったために気づかれたのだ。

「リアン、邪魔をするとおまえを撃つぞ」

するとシグが振り向いた。

「約束したではないか。島の鍵も渡した。海軍の勝利も約束した。だからリアンを傷つけないと」

「そんなにリアンが好きか」

「ああ、愛している。だから守りたい。ただそれだけだ」

「己を犠牲にしても……か」

「そうだ」

するとオルフェオは甲板で声をあげて笑い始めた。異様なほど大きな声が静かな朝の海に反響した
そのとき、遥《はる》か彼方の海に敵船が見えた。

次の瞬間、オルフェオが手にしていた銃が火を吹いた。彼の考えがわかった。蒼の王を傷つけ、痛みと怒りで海に嵐を起こさせ、敵船を沈めるつもりなのだ。

「――――っ！」

そんなことはさせない。戦争をさせまいと無意識のうちにリアンは銃弾の前に飛びだしていた。

「リアンっ！」

銃弾に貫かれたリアンの身体が水面へと落ちていく。

「リアン――っ」

シグの心の衝撃に呼応するように鎖が切れ、大きな波が天へとのぼり軍艦ごとまきあげたかと思うと、一気に渦のなかに軍艦を巻きこんでいくのが見えた。

落下の途中で波に呑まれたリアンの身体をシグが抱きかかえている。

シグが泣いている。

ごめんなさい、でもあなたがいない世界にいたくないから。

そう思いながら、海のなか、リアンは浮遊した状態で意識を失いかけていた。その周りで軍艦から海に投げ出されたオルフェオや海軍兵が溺れている。

「死なせない……リアン……リアン……許さない、人間社会を私は絶対に」

「やめてっ」

「どうして」

「いけないっ、オルフェオを殺さないで……嵐を起こさないで」

「どうして」

ぼくの心、わかりますよね？

「一緒に見たもの、一緒に過ごしたカーニヴァル……この街の平和……」

チーズを売っていた山羊《やぎ》飼いの娘、船を磨いていた船頭、地方からやってきた子供たち、修道院にいる人々。

オルフェオのためではない。義母のためでもない。誰のためでもない。

あのひとたちの暮らしを守りたい。そしてこの海を守りたい。戦争で穢したくない。

「なにより……あなたが大事だから」

「……っ」

「一度でいいから……一年でも短い間でもいいから、この小さな幸せが……ひとときの幸せが欲しくて、ここにきたんです」

蒼の王に真珠姫は愛されたという絵本。愛されたくてきた。そして愛したくてきた。

その通りになったから。

「あなたの伝説を……穢さないで」

リアンは命が消えそうになるのを感じていた。

「リアン……リアン、リアン！」

「一日早く……旅立ちます。あなたのいない世界で生きていたくないから」

「だめだ、きみがいない世界で生きられない。抱きしめることができない世界なんて嫌だ。一日でもいやだ」

彼の心が大きく乱れ、海が大きく荒れている。

「だめ、海のみんなのために、貝殻のなかで眠っている子供のために嵐を起こさないで。死んだらぼくは泡になる。泡になって……この海がぼくになる。だから」

リアンの祈りが通じたのか、シグは切なそうな顔でこちらを見て、「わかった」と言った瞬間、大きな波の渦がゆっくりとおさまり始めた。

「契約は終了だ。私はもうヴェネツィアとの契約を破棄する。戦争には関わらない。海の平和を守るため、もう人間とも関わらない。子孫のため、生贄をもらうのもやめる。すべて白紙にする。きみと生きていきたい、きみだけがいればそれでいい。きみが死ぬなら死ぬ、生きるなら生きる。泡になるなら泡になる。すべてきみと同じに。……この先のことは海にゆだねる」

そのとき、雨が完全に止み、太陽が頭上からさしてきた。広がる青空、ああ、海の底と同じ色だと感じながら、リアン自身も自分を抱くシグにすべてをゆだねた。

生きるか死ぬか、契約を破棄したあとの魂はどうなるのか、すべては海にゆだねて――――。

ああ、海がおだやかになっていく。

そしてぐったりとしたリアンを抱いて海を泳ぎ、シグは二人が愛を誓った神殿へと連れていく。

やわらかな月明かりが青い神殿を夢のようにうかびあがらせている。

あのロタンダだ。

珊瑚の森のなか、貝殻が花のように開き、そこから溢《あふ》れる真珠が花弁のように海を舞っている。クラゲ、色鮮やかな魚をはじめ、ヒトデたちがそれに戯れるように泳いでいる。

「リアン……」

神殿の前で彼がリアンにそっとくちづけする。

彼が唇を離すと少しずつ傷が塞《ふさ》がっていくのを感じながら、リアンはうっすらと目を開けた。

海のなか、目の前に切なそうにこちらを見つめているシグがいた。

「ぼくは……死ななかったのですか」

「きみが……海を守ったから。契約の切れた先は、私も知らなかった。きみを最後の真珠姫と決めたその先は」

「あなたが平和を、人々を愛し、守ろうとしたからですよね」

「そうだ、私たちは海に許されたのだ。生きていい、ここで生きていけ、と。きみとここで」

「……っ」

つまり奇跡が起きたということか。契約がなくなったあと、蒼の王はヴェネツィアから真珠姫を娶らない代わりに、ヴェネツィアを守る必要もなく、自由になる……ということか。

「これからここで。永遠に暮らしてくれるか？」

「はい」

リアンは笑顔でうなずいた。

「子供も無事だ。これからは家族で」

二人を祝福するかのようにクラゲや魚たちが周りをゆっくりと回りながら揺らめいている。

何もかもがとても美しい。愛を誓い、抱きあっているふたりのシルエットが海底に細く長く伸びている。

もうずっとここでいっしょに過ごせるのだと思うと幸せでしかたなかった。


それからどのくらいの時間が過ぎただろうか。

随分、時間が経ってしまった。

ヴェネツィアから少し離れた海底にある蒼の王の宮殿に新たな命が誕生して数カ月がすぎた。

宮殿の建物のなかは、海底ではあるものの、そこだけは陸にいる時と同じように過ごせる。

ドーム型の天井はガラス張りで、とても美しいクラゲや魚たちの遊泳を見渡すことができる美しい宮殿だ。

「さあ、食事の時間ですよ」

アンジェロが食卓を運んでくる。この建物のなかでは、地上と同じように食事がとれるのだ。

「今日は、アンジェロと一緒においしいお菓子を作ったよ」

リンゴのパイを焼き、ロクムを作った。

「ぼくたちも食べていいの？」

「いいの？」

赤ん坊の世話をしていたオーロとラーメが問いかけてくる。

「もちろんだよ」

かわいい彼らはベビーシッターになっていた。

生まれたのは、双子の男の子だった。

「ベビーにはぼくたちがいろんなことを教えるね」

「教えるね」

オーロとラーメが両脇から貝殻のベビーベッドを揺らしている。その様子をリアンはシグと一緒にお菓子を食べながら見つめていた。

「リアン……そろそろあの子たちも猫たちに任せられるようになったから、久しぶりにイルカに乗って遠出しないか。サメが見たいと言っていただろう？」

「え、ええ、みたいです」

海での生活にももう慣れた。地上にもどりたいと思うことはない。

それでも一年に一度、カーニヴァルのときだけ、戻ることにしようと話していた。仮面をつけることができるからだ。だから自分たちの正体がヴェネツィアの人々に見破られることもない。

あのあと、実質的にヴェネツィアはオーストリーの領土になってしまった。

海からではなく、フランスの軍が陸側から侵攻しようとしたのだ。

その後、数々の話し合いが持たれ、フランスとオーストリーの間で取り決めがあり、ヴェネツィア共和国とその共和国領はオーストリーが領有することになった。

その結果、歴史上からヴェネツィア共和国は消滅してしまったのだ。

オルフェオは海軍のクーデターにあい、失脚し、投獄されてしまった。ヴェネツィア海軍にとって、「蒼の王」は千年にわたる海の守り神であった。その彼と真珠姫を盾にして、敵船と戦おうとしたことで、最終的に兵士たちの怒りをかってしまったのだ。

伯爵家は父は流行病、アニータは不治の病で亡くなり、マルゲリータとダンテがそれぞれ修道院に

入ってしまったため、父の弟が継ぐことになってしまった。その妻がオーストリー貴族だったのもあり、断絶は免れたらしい。

「いずれオーストリーから独立するときもあるだろう。それでももうヴェネツィアという共和国は戻らないだろう。イタリアの一部となるのだ」

シグがそう教えてくれた。ヴェネツィア共和国が滅亡し、元首もいなくなった今、もう蒼の王との契約も終わり。海の砦《とりで》としての役目は終わった。

「これでよかったんですね」

生贄の風習も終わり、シグは最後の蒼の王に、リアンは最後の真珠姫となった。

これからは自分たちのためだけに生きていく。

ヴェネツィアを海から守ってくれる存在としてずっとあの島を中心に役割を果たしてきたが、陸から攻められた場合に加え、さらに空から攻められた場合などはもうどうすることもできない。

「空から攻めてくるようなこともあるのですか？」

鳥に乗って？　イルカのような鳥がいるのだろうか。でも戦争に鳥たちは使わないでほしい。

「鳥を使うことはないだろう。だが、そのうちそうした戦争が起きる時代が来るだろう。それでもヴェネツィアが空爆されることはない。この先、あの小さな国が政治的な表舞台に立つことはないから」

時代が変わり、国家が大きくなることによって、蒼の王の存在も必要なくなる。それは同時に、海の都の終焉《しゆうえん》でもあるのだ。

「ヴェネツィアはかつて栄えた街として、永遠に、美しい海の都、奇跡的な歴史の遺産として愛され続けるだろう」

「ええ、そうあるよう、ぼくも祈り続けます。美しい観光地として、ただただ愛される場所となっていくように」

今となれば、なにもかもが愛おしい。

ザザ、ザザ……と打ち寄せる波の音。おいしい食事と美しい街の風景とそれから芸術と。そして何よりも楽しいカーニヴァル。

辛いことも多かったけれど、その良い部分だけをせめて子供たちに知ってほしいと思う。だからカーニヴァルにだけは家族と猫たちで参加しようと思っていた。

「我々の寿命はずっと長い。六十年ごとの契約の縛りがなくなったからこそ双子が誕生した。一人ではなく、二人。この先、どんな人生が待っているのかはわからないが、それを新しく作っていくのは私ときみだ。だから今は消滅してしまったあの街を、オーストリー軍が支配してる姿を見なければいけないかもしれないが、いつか平和に、いつかあの街として輝くその時まで我々はきっと見ることができるはずだ」

そんな日が来るときを待とう。シグのその提案にリアンはうなずいた。

「リアン、こんなことを言っては何だが、オルフェオの失脚と投獄、アニータの死、ダンテとマルゲリータの出家……結局、それぞれの魂の美しさに見合った結果になった気がする。そういう意味では、きみと私の物語の結末は、この世界で最も幸せなものになるだろうな」

「そうなるよう、それにふさわしい人生を歩んでいきたいです」

そう、そうなるだろう。このひとと一緒なら。この穢れのない、清らかな魂の持ち主とともにいられるなら。

「そうだ、オルフェオといえば、あの男、私を干物の魚だとか半魚人だとか言っていたが、息子が蒼の王になったあと、私はただの干物の魚になるのか？」

妙なことを気にしているこの人がとてもかわいい。

「あなたが干物の魚なら、ぼくは、干物の魚の妻ですよ」

「半魚人はわかるが、干物の魚というのは面白い。彼はなかなかおもしろいセンスがあるな。性格は微妙だが」

「悪く言われたのに……褒めてどうするんですか」

「だが、私は気に入ったぞ」

このひとは、一事が万事、こういうところがある。このひとには醜い心がない。悪意が理解できない。だからあっさりと捕まり、オルフェオに協力するなどという約束をしてしまったのだ。

泣けてくる。綺麗すぎて。やはりこのひととの未来には幸せしかないだろう。

「ごめんなさい……」

「また謝るのか？」

「あなたにではなく、世界中の人に。世界中のひとにもうしわけないんです」

「どうして」

「世界で一番の幸せをぼくがもらっているので」

「どんな？　私よりも幸せなのか？　世界一幸せなのは私だよ」

「さあ、先祖に幸せの報告に行こう」

イルカに乗ってふたりで遠出した。向かった先は、かつてヴェネツィアが支配していたギリシャの海の宮殿だった。古代の神殿や彫刻が海の底を華やかに彩っている。

そこにあった貝殻が二人の来訪を待っていたかのように、ゆっくりとベッドのように口を開く。シグと二人でそこに横たわると、海全体に見守られている気がして、自分たちがひとつの生命としてつながっているのだという実感が広がっていく。

そして――――。

リアンとシグは初めて海のなかで互いを求めあった。

月光の光を含んだ光が二人を包んでいる。

古代ギリシャの祭壇には十字架もマリア像もない。ただ壊れかけたオリンポスの神々の彫像が並んでいるだけ。

その前の大理石の柱の間で戯れるように、指と指を絡ませ、抱きあってキスをくりかえす。

ひんやりとした貝のベッドの感触、波の音、月の光を纏ったクラゲや海蛍たちがステンドグラスのように煌めいている。

「ありがとう、リアン。私と海で生きていくことを選んでくれて」

むかいあった姿勢でリアンの肩に手をかけ、シグが唇をそっと重ねてくる。リアンが軽くついばむと、リアンのほおを手のひらで包み、シグが同じように唇を押しつけてきた。

「ぼくこそ。こんな素敵な人生をありがとう。そしてかわいい子供も」

そのまま海の底で。

リアンは衣類を脱ぎ、裸身で彼にしがみついていた。
同じように彼も衣類を身につけていない。
ゆらゆらと揺れる海藻と珊瑚が二人をカーテンのように隠してくれている。
もっとたくさん子供を作って、海の底の世界をもっともっと素敵にしよう。
リアンはそう決意しながら、彼の肩に顔を埋め、しがみついていた。
大好き、大好き、この世界が。
あなたと生きる時間が。
海の世界の住人と陸の世界の住人が愛しあい、美しい海で生きていく。
この奇跡的な二人の世界を、絶対に手放さないと決意する。
愛するひとの、かけがえのない命のぬくもりとともに。

あとがき

このたびはお手にとっていただき、ありがとうございます。

今回は、メルヘンです。激甘な雰囲気を目指しました。このお話はコロナが世間を騒がせる一カ月ほど前、トリノにスケートの試合を見に行った帰りに、ヴェネツィアに立ち寄って海を見ながら作りました。ベビーも出てくるのでオメガバースのような感じですが、今回はあえて「蒼の王」のオリジナル設定にしてみました。猫族とかイルカとかも出てきますし。なぜいきなりこんな生き物がとか、なぜこんな設定が……という細かいツッコミを忘れ、互いを溺愛しすぎている主役の二人を甘く優しい眼差しで追っていただけたら嬉しいです。

イラストのyoco先生、言葉にならないくらい素敵な絵をありがとうございました。主役二人や海の世界の繊細な優美さ、オーロもラーメもとても可愛く、さらにイルカやベビーや魚たちもいてとても幸せです。表紙やモノクロ、何度も眺めています。

今回、ご迷惑をおかけしたにもかかわらず、見捨てずに励ましてくださった担当様には本当に感謝の言葉もありません。これからもどうぞよろしくお願いします。

末尾になりましたが、ここまでお読みくださいました皆様、本当にありがとうございます。

この一年で世界が大きく変わり、自分の価値観も書き方もかなり変化した気がします。ただ、出会いによって人生が好転していく二人の関係性というテーマは、ずっと変わらないと思いますが。そういえば来年でデビューして二十五年になります。最初に別の形で小説で賞をいただいたのはもう少し前なので……人生の殆どの時間をこの仕事とともに過ごしている気がします。いつまでも未熟で、もっとこうしたい、もっとこんなふうにしていきたいということばかりで、これからもずっといろんなことを模索して書いていくと思いますが、またなにかしら読んでいただけましたら幸いです。

そしてこの本も少しでも楽しんで読んでいただけておりますように。なにか一言なり感想をいただけましたら幸せです。

華藤《かとう》えれな

CROSS NOVELS既刊好評発売中

花がいっぱいの寝床できみを愛したい

王子とオメガの秘密の花宿り
～祝福の子とくるみパイ～

華藤えれな

Illust yoco

深い森の花園でオメガのシダは猫だけを友達にひとりで糸を紡いで暮らしていた。そんなシダに恋をした王子レオニードは次々と送られる花嫁候補の肖像画には見向きもせず、シダを妃にと望む。

だが彼にはレオニードに言えない秘密が…。実は敵国の王子なのだ。

魔法をかけられ狼にされた兄を救うため、無言のまま糸を紡ぎ続ける運命。レオニードに惹かれてはいけない、愛を告げてもいけない、なのに彼の愛と優しさに満たされるうち身体に発情期が——。

CROSS NOVELS既刊好評発売中

きみと結婚するためだけに
生きている

カーストオメガ　帝王の恋

華藤えれな

Illust 八千代ハル

英国名門貴族のアルファのみが入学できる全寮制パブリックスクール。

カースト最上位の帝王で義兄のイーサンに憧れ編入した尚央。

けれど入学早々、突然肉体がオメガに変化してしまう。

アルファだけの閉鎖空間にたった一人のオメガ。欲望の餌食になりかけた尚央を救ったのは大好きなイーサンで、仮の番にしてもらい発情を鎮めてもらう。

やがて身体は元のアルファに戻るも尚央のお腹には彼の子が。

帝王イーサンの立場を守るため尚央は——!?

CROSS NOVELS

CROSS NOVELSをお買い上げいただき
ありがとうございます。
この本を読んだご意見・ご感想をお寄せください。
〒110-8625
東京都台東区東上野2-8-7　笠倉出版社
CROSS NOVELS 編集部
「華藤えれな先生」係／「yoco先生」係

CROSS NOVELS

蒼の王と真珠姫

著者

華藤えれな

©Elena Katoh

2021年10月23日　初版発行　検印廃止

発行者　笠倉伸夫
発行所　株式会社 笠倉出版社
〒110-8625　東京都台東区東上野2-8-7　笠倉ビル
[営業]TEL　0120-984-164
FAX　03-4355-1109
[編集]TEL　03-4355-1103
FAX　03-5846-3493
http://www.kasakura.co.jp/
振替口座　00130-9-75686
印刷　株式会社 光邦
装丁 Asanomi Graphic
ISBN 978-4-7730-6312-7
Printed in Japan

乱丁・落丁の場合は当社にてお取り替えいたします。
この物語はフィクションであり、
実在の人物・事件・団体とは一切関係ありません。